Bertram

Phantastische, merkwi

und schauerliche

Die geschichtliche Wahrheit ist nie die Meinung.

Verlag: BoD · Books on Demand GmbH,
In de Tarpen 42, 22848 Norderstedt
Druck: Libri Plureos GmbH, Friedensallee 273,
22763 Hamburg
ISBN: 978-3-7693-0766-5

Inhalt

Vorwort

Quellenkritischer Hinweis: Die ersten sieben Texte entstanden vor dem 14. August 2024. Die Texte acht mit elf entstanden am 15. August 2024. Der Rest später. Die Korrektur erfolgte am 20. September 2024. Danach wurde nur wenig ergänzt.

Die Texte entstanden folglich im Sommer 2024. Nur weniges ist politischer Art. Der Band versammelt nämlich literarische Kurzgeschichten (nicht wenige davon sind mehr als kurz). Es sind Gehversuche eines Erzählers gewesen, dem es ein Anliegen war, die Möglichkeiten der Schriftsprache zu erkunden.

Blicke

I

Er war sieben Jahre alt, als es zum ersten Mal passierte. Seine Blicke konnten töten. Niemand bemerkte es, weil die Menschen, die er auf diese Weise umbrachte, weder Angehörige noch Freunde noch Bekannte hatten. Niemand vermisste sie.

Der Tag im Spätherbst war sichtlich verregnet, als der Junge spätnachmittags mit seinem Roller über die Straße fuhr. Die Wolken hingen tief. Es war zwar nicht dunkel, aber es war einer jener etwas stürmischen Tage, an denen man am besten zu Hause bleibe sollte, wenn man nicht gerade aus dringendem Grund nach draußen musste. Im Rundfunk hieß es, man solle nach Möglichkeit nicht weiter als zwei bis drei Häuserblocks fahren, alles andere sei, da ein Wolkenbruch drohte, zu gefährlich. Er meinte innerlich, sich daran zu halten. Aber selbstverständlich fuhr er weiter als es nahegelegt worden war. Seine Augen wurden feurig rot, wenn sie niemand sah, die Ohren spitz geformt. Und seine Eckzähne sahen dann aus wie die eines Hundes. Dies alles war gelegentlich der Fall, wenn er allein war. Wenn er konzentriert war. Wenn sein Wille darauf ausgerichtet war, eine einzige Tätigkeit auszuführen.

Er kam an eine Waldlichtung, wo ein alter Mann auf Krücken

lief. Möglicherweise hatte er eine Ehefrau gehabt, vor langer Zeit. Er ahnte, spürte, dass der alte Mann, der noch wenige hundert Meter entfernt war, alleinstehend und hilfsbedürftig war. Er rollte wie ein Besessener auf seinem Roller dem Mann entgegen. Er sah nach unten auf die Straße. Sah, wie der Asphalt glühte. Er spürte, wie die Muskeln seines linken Beines, das den Roller antrieb, schmerzten. Schweiß rann ihm die Schläfe herunter bis über die Backen. Sein Kopf war rot geworden. Der Regen bedrückte seine Stimmung, trieb ihn aber auch an, schneller zu fahren. Er trug eine einfache Käppi, die schon völlig durchnässt war. Kurz bevor der Teer endete, auf dem das Fahren noch so leicht war, blickte er spontan auf.

Er sah dem alten Mann nun direkt in die Augen. Der alte Mann erschrak. Er schrie wie ein Tier, das bei lebendigem Leib verbrannte. Die Augen des Jungen waren rot. Aber sein Blick war kalt. Der alte Mann zappelte wie eine Marionette, die an den Fäden gezogen wurde und gegen ihren Willen bewegt wurde. Die Gelenke und Gliedmaßen des Mannes fuchtelten wie wild in der Luft herum, ehe sie zerbrachen, in tausend Stücken auf den Boden fielen und verschwanden. Kein Blut war zu sehen. Aber der alte Mann war samt seiner Kleidung und Gehhilfen verschwunden. Nichts war mehr von der Erscheinung des alten Mannes übrig.

Dem Jungen war nicht unheimlich dabei. Er dachte, dass dies, das Verschwinden des Mannes, mit ihm nichts zu tun habe. Er meinte, dass das, was er soeben sah, sich auf einer Leinwand vor ihm abgespielt hatte. Er hatte keine Gefühlsregungen, als er den Mann so sah. Für ihn war der Mann nicht tot, sondern verschwunden. Er hatte aber gewisse Empathie, als er ihn laufen sah. Und er bereute es, ihn nicht mehr grüßen zu können, so, wie man es höflicherweise tat. In der Nacht aber hatte er einen seltsamen Traum.

Er sah dort eine Gruppe Soldaten. Alles war neblig. Er erkannte kaum etwas. Rauch. Dampf. Schmutz. Die Gruppe war an einer Holzhütte in ein Gefecht verwickelt, mit einem Gegner, den der Junge nicht erkannte. Ringsherum war Feuer. Plötzlich krachte es auch an der Hütte. Soldaten liefen weg. Sofern sie konnten. Einer nämlich blieb zurück. Der Junge hörte ihn schreien. Weiteres Geschrei deutete darauf hin, dass man ihm helfen wollte. Der Junge wachte auf.

II

Mit ein paar Freunden war er, als er ein wenig älter war, am Stadtrand unterwegs. Sie gingen zum Wald, wo sie an einem Bach buddelten, ein Lager errichteten und eine Art Baumhaus bauten. Seine beiden Freunde meinten, sie würden für kurze Zeit hundert Meter ins Feld gehen, um Gestrüpp zu suchen. Er blieb zurück, ließ den Blick schweifen und sah weit entfernt zwei Frauen im besten Alter. Sie bräunten sich in der Sonne und waren nur leicht bekleidet. Er sah ihnen beim Sonnen zu. Seine Freunde hatten ein Fernglas mitgenommen, das nun neben ihm lag.

Er war neugierig geworden. Wollte wissen, was die beiden Frauen da unten genau trieben. Also nahm er das Fernglas zur Hand, dessen Technik ihn faszinierte. Er verbrachte mehrere Minuten damit, die Gläser zu reinigen. Dreck vom Fernglas zu entfernen. Nachdem er eine schwarze Ameise mit dem Finger weggeschnipst hatte, war seine Haltung starr geworden. Nur seine Finger bewegten sich geschickt über das Fernglas, das er mit einem alten Stofftaschentuch und etwas Spucke auf Hochglanz brachte.

Er setzte das geputzte Fernglas auf und schaute in die Ferne. Hierhin und dorthin. Meilenweit keine Menschenseele. Plötzlich erkannte er die Gesichter der beiden Frauen und wie sie sich gute 500 Meter vor seinen Augen räkelten. Es dauerte nur wenige Sekunden, bis eine der beiden Frauen ihn entdeckte. In diesem Moment klatschte sie schon gegen das Fernglas. Gleich einem Jojo-Effekt wurde sie wieder zurück an die Seite ihrer Freundin geschleudert. Der Junge saß völlig unbetroffen dort. Die Gewalt, die ihn vermutlich ebenfalls hätte zurückschleudern oder umkippen lassen müssen, gab es nicht. Ein außenstehender Beobachter würde lediglich sehen, wie er bewegungslos mit dem Fernglas in die Weite blickte. Nun war es auch die zweite Frau, die zusammen mit ihrer Freundin immer wieder gegen sein Fernglas geschleudert wurde. Anfangs wirkten die beiden noch lebendig, doch nach ein paar Malen wich die Farbe aus ihrem Gesicht. Reglose Körper kamen ihm entgegen und krachten gegen das Fernglas, das er fest an seine Augen drückte. Als er kurz die Augen kniff, war das Paar verschwunden. Nichts war – wie im Falle der Erscheinung des alten Mannes, den er schon beinahe vergessen hatte – von ihnen übriggeblieben.

In der Nacht träumte er von vier Frauen. In abwechselnder Konstellation trafen sie immer wieder in einem völlig weißen Raum ohne Wände, ohne Boden und ohne Decke zusammen. Aber niemals alle gleichzeitig. Alles wirkte so, als seien sie in einer fremden Welt. Der Traum dauerte nur kurz an.

III

Als er Jahre später Student war, notierte er sich in seinem Planer den Termin einer Gastvorlesung. Merkwürdigerweise war nur das Thema der Vorlesung auf den Informationsflyern und Plakaten vermerkt, weitere Informationen fehlten. Der Dozent wurde nicht genannt. Die Vorlesung fand zu Beginn des Semesters statt, spätabends, als er bereits ein paar Wochen lang studierte. Er kannte den Universitäts-Betrieb und war es gewohnt, dass sich die Kommilitonen vor und nach einer Vorlesung durch die enge Tür quetschten.

Als er den Bus zur Vorlesung nahm, waren hier und da ein paar Fußgänger unterwegs. Ein Auto fuhr an der Bushaltestelle vorüber, an der er wie gewohnt einstieg, um in Richtung Universität zu fahren. Die Fahrt dauerte kurz. Er stieg aus und ging in das Hörsaalgebäude. Dort war es stockdunkel. Zuerst machte er das Licht an, während es draußen schneite. Es war Winter und von draußen kam kein Sonnenlicht in das Gebäude. Ihn wunderte es, dass das Gebäude so dunkel war; in der Regel war hier immer jemand unterwegs. Manchmal gab es noch Parallel-Veranstaltungen, die stattfanden. Vielleicht auch heute. Aber nachdem er den Lichtschalter betätigt hatte, nahm er kein Leben im Gebäude wahr. Er wagte es kaum, sich umzudrehen, obwohl er draußen vielleicht noch ein paar Personen würde sehen können. Hinter ihm fiel nun die Tür zu. Er erschrak kurz, aber stellte dadurch auch fest, dass hinter ihm niemand ins Gebäude gekommen war, in dessen Eingangsbereich er sich offenbar allein aufhielt.

Er erholte sich schnell von diesem Schrecken, der letztlich keiner war und ging zum Hörsaal, in dem die Gastvorlesung stattfinden sollte. Er setzte sich in eine der mittleren Reihen. Auch hier musste er zunächst das Licht anmachen. Als er sich hingesetzt hatte, begann er, seine Unterlagen vorzubereiten. Ein Notizblock, dessen Seiten an den Ecken zerknittert waren, und einen alten Kugelschreiber, dessen Tintenfüllung gerade noch so genügte, um schreiben zu können.

Der auswärtige Dozent – ein Forscher ohne Titel, ohne Rang und ohne Namen – erschien nicht. Stattdessen raschelte es hinter ihm. Blitzartig drehte er sich um und sah, wie ein junger Mann in der letzten Reihe saß und dieselbe Kleidung wie er trug. Das

Gesicht konnte er nicht erkennen, wollte es auch nicht. Die Tatsache, dass da jemand war, der dasselbe T-Shirt wie er unter dem Reißverschluss-Pullover trug, ließ ihn stutzig werden. Er hatte nebenbei bemerkt, dass der junge Mann sogar dieselben Unterlagen wie er vor sich auf dem Tisch liegen hatte. Er wagte es noch einmal, sich umzudrehen, um sich seiner Wahrnehmung zu vergewissern. Ob er nicht irre sei. Als er dem Mann nun ins Gesicht sehen wollte, riss dieser seinen Kopf nach oben, visierte ihn an und lachte höhnisch. Stimmen wie aus Lautsprechern tönten überall. Der fremde Mann, der aussah wie er, wurde von einem Lichtstrahl gepackt und fuhr unter Donnern und Brausen in den Himmel.

In der Nacht träumte er diesmal nichts.

Die Taschenuhr

I

Er fand die Uhr beim Umzug. Es war ein altes Erbstück seiner Vorfahren. Es hieß, dass sie zuerst sein Ururgroßvater erworben hatte, der Abenteurer war. Dieser hatte zeitlebens die Kontinente bereist und war viel unterwegs gewesen. Ob sein Ururgroßvater eine Berufsausbildung oder ein Studium absolviert hatte, wusste der junge Mann nicht. Angeblich besaß ein entfernter, noch lebender Verwandter die Reisenotizen des Ururgroßvaters des jungen Mannes. Bislang wurden diese weder veröffentlicht noch hatte der junge Mann sie je zu Gesicht bekommen. Er wusste lediglich, dass darunter sehr ausführliche Beobachtungen zur Kultur und zu den Menschen der fremden Länder enthalten waren, die sein Ahn bereist hatte.

So soll er im fernen Orient, in Sibirien, in Südostasien, in Lateinamerika, in Nordamerika und Kanada, in vielen Ländern Afrikas und am Süd- und Nordpol gewesen sein. Also fast überall. Auch Deutschland hatte er intensiv bereist, Stadt und Land, Wald und Wiesen.

Es war eine schwarze Taschenuhr. Verstaubt und längst nicht mehr in Betrieb. Zumindest vermutete der junge Mann das, weil die Uhrzeiger sich nicht mehr bewegten. Er befand sich auf dem

Dachboden, der vollgestellt mit zig Umzugskartons, alten Möbeln und allerlei Spielzeug war, das niemand mehr gebrauchen und benutzen wollte. Seiner Meinung nach waren diese Gegenstände reif für den Sperrmüll, für den Verkauf (soweit möglich) oder für das Verschenken an Verwandte oder Bekannte. Als er sich so umgesehen hatte, fiel sein Blick zurück auf die Taschenuhr. Sein Blick wurde aber gelenkt. Es war nicht sein Wille auf die Uhr zurück zu schauen. Er war nämlich auf den Dachboden gegangen, weil er nach einer bestimmten Umzugskiste suchte, die er für den Umzug entpacken musste, da sich darin Unterlagen befanden, die definitiv nicht entsorgt werden sollten. Und die er also für den Umzug in die neue Stadt benötigte. Die Uhr hielt er beiläufig in der Hand, weil sie in der Nähe des Kartons lag, den er zwar suchte, aber noch nicht gefunden hatte und von wo er jene Uhr aufgenommen hatte.

Der junge Mann ließ seine Blicke also über den Dachboden schweifen. Doch sein Nacken und seine Augen wurden stoßartig nach links gedreht. Nach links unten. Sein Blick fiel dadurch automatisch auf die Taschenuhr. Er war völlig verduzt, wie gegen den Willen seines Gehirns, das stets die Motorik, die Bewegungen seines Körpers und seiner Gliedmaßen lenkte, sein Kopf auf die Taschenuhr gedreht wurde. Instinktiv packte er die Uhr, die er bislang nur in einer Hand hielt, nun mit beiden Händen und hielt sie fest. Als wäre sie schwer und würde auf den Boden fallen. Seine Augen weiteten sich. Die Uhr fing an, zu strahlen und zog ihn an, saugte ihn an sich. Wie ein Aal glitt er in die Uhr und fand sich unversehens in einer fremden Welt wieder.

Sein Aussehen hatte sich verändert. Er trug plötzlich Kleidung, die dem Wetter und dem Klima des fremden Landes, in dem er sich befand, angepasst schien. Jedenfalls war es eine Bullenhitze um ihn herum. Er fand sich auf einem Marktplatz wieder.

Vermutlich war es Mittagszeit. Denn die Sonne stand im Zenit. Um ihn herum waren hunderte Menschen von hellbrauner bis dunkelbrauner Hautfarbe. Sie trugen merkwürdige Gewänder. Die Sprache, die sie sprachen, verstand er zwar akustisch, aber nicht inhaltlich. Vor lauter Schreck ließ er den Gegenstand aus der Hand fallen, den er bislang, ohne es bemerkt zu haben, in der Hand hielt. Sogleich hob er ihn wieder auf. Es war seine Taschenuhr. Erst jetzt war ihm bewusst, dass diese ihn an den Ort, der ihm unbekannt war, katapultiert hatte.

Er versuchte, die Uhr erneut als Mittler in eine andere Welt zu nutzen, bestenfalls dorthin, wo er herkam. Doch es funktionierte nicht. Nach wenigen Sekunden gab er den Versuch auf. Er hielt es für notwendig, sich ein wenig umzusehen. Er hatte die selben Kleider an, die auch die Leute um ihn herum trugen. Vermutlich erlangte er deshalb keine Aufmerksamkeit. Bislang hatte ihn niemand angesprochen und niemand angerempelt. Wirklich wahrgenommen hatte ihn bislang vermutlich auch niemand.

Als er circa zehn Meter entfernt eine junge Frau sah, die seinem Geschmack entsprach, veränderte er kurz seine Haltung und war im Begriff, sich fortzubewegen. Ihre Blicke trafen sich zufällig und er sah in ihre sinnlichen Augen. Er wollte lächeln, zumindest aber nicht woanders hinsehen. Prompt aber verbog sich sein Gesicht. Sein Nacken verrenkte und so stark sein Wille auch war, die hübsche Frau nicht aus den Augen zu verlieren – vergeblich. Gegen seinen Willen landeten seine Augen auf der Uhr, die ihn abermals aufsog.

Er sah sich in einem Art Kanal wieder. Seinen Körper konnte er nicht sehen. Aber er war bei vollem Bewusstsein. Wie schnell er sich fortbewegte, konnte er nicht einschätzen. Was er wahrnahm, war hingegen, dass um ihn herum nichts war, außer überwiegend dunklen und hellen Farben, gelegentlich grell und blendend, die in Streifen, Punkten und Mustern an ihm vorbeizogen. *Schwarz, Weiß, Zwischentöne*. Greifen konnte er die Flecken nicht, denn er hatte ja keine Hände, während er durch diesen kanalartigen Raum raste. Oder vielmehr gerast wurde. Denn er bewegte sich ja nicht von selbst fort, sondern wurde, als würde ihn ein Riese anpusten, mit ungeheurer Geschwindigkeit vorangeschleudert. Ob es ein Kanal war, in dem er sich befand, konnte er nicht beurteilen. Klar war, dass Streifen vorbeizogen, die hintergründig durch ein sehr grelles Weiß bestrahlt wurden. Dieses helle Weiß dominierte auch die Farbe seiner Umgebung, in der der junge Mann sich befand.

„Wo willst du hin?“, fragte ihn die Stimme eines Menschen, den er nicht sah.

„Ich weiß es nicht.“, antwortete der junge Mann monoton.

„Wie, du weißt es nicht? Du musst doch wissen, wohin du dich fortbewegen willst? Aber gut, dann entscheide ich für dich. Und was ein Glück für dich, das ich mich über dich informiert habe.“

Der junge Mann verstand die Welt nicht mehr. Er nahm die Stimme zwar wahr, konnte sie aber nicht zuordnen. Er wunderte sich nicht darüber, dass er angesprochen und gefragt wurde. Was ihn eher verwundern ließ, war die Tatsache, *was* er gefragt wurde. Und ebenso merkwürdig war, dass dieser jemand ihn gewissermaßen kannte, wenngleich der junge Mann selbst nicht wusste, wem die Stimme gehörte. Und dass der Fremde meinte, der junge Mann hätte *Glück* gehabt, dass über seinen Weg entschieden, also gewissermaßen fremdbestimmt worden sei. Kam er jetzt etwa ins Paradies? Wo er von leicht bekleideten Tänzerinnen südländischer Herkunft mit Leckereien verwöhnt wurde, während er in der Hängematte seine Seele baumeln ließ?

Es kam freilich anders. Er fand sich nun in einem Raum mit Steintreppen wieder. In einem Theater? Schnell bemerkte er, dass es nicht ein Theater war, wo er war, denn die Personen, die hier umherliefen, sahen nicht aus wie Schauspieler. Eine Person fiel ihm besonders auf. Alle Blicke waren nämlich auf sie gerichtet. Der junge Mann erkannte sie sofort. An seiner Hakennase. Sein Instinkt trog ihn nicht. Es war Caesar. Und der junge Mann war im römischen Senat, just an dem Tag, an dem Caesar ermordet wurde.

Der junge Mann wurde zum Augenzeugen eines weltbekannten politischen Mordes. Was ihn infolge dieses Erlebnisses bewog, war, dass er nicht hatte handeln und nicht hatte Fragen stellen können. Sein Interesse war die Beschäftigung mit der Geschichte, was hatte die Stimme erkannt hatte. Schwer war dies auch nicht zu erraten. Der junge Mann war nicht nur Leser von Geschichtsmagazinen und historischen Romanen, sondern betrieb selbst geschichtliche Forschung, indem er Archive besuchte und historische Quellen auswertete. Als er versuchte, Notizen anzufertigen, um den Mord an Caesar zu belegen, den er wegen der vielen Personen im Raum nicht wirklich wahrnehmen konnte, wurde sein Gesicht abermals auf die Uhr gelenkt, die ihn wieder in eine fremde Welt schickte.

Der junge Mann stand in einem kleinen Raum, am Fenster. Das Tageslicht leuchtete in diesen Raum, in dem er sich aufhielt. Draußen waren Soldaten unterwegs. Die Anlage sah aus wie eine Kaserne. Neben ihm war ein Mann mit einem Koffer, einer Aktentasche, die er hastig hinter der Tür öffnete und deren Inhalt er bearbeitete. Der junge Mann nahm wahr, dass der Mann ein Offizier war. Er verließ den Raum und bog den Gang rechts ab. Der junge Mann hingegen verließ das Gebäude nach links, denn er wusste, dass es hier gleich zu einer Bombenexplosion kam. Er wusste, dass die Detonation ihn nicht berühren konnte, weil er als eine Art Geist in diese Welt eingetaucht war.

Der Spaziergänger

Er legte das Buch zur Seite. Endlich geschaft, dachte der Spaziergänger. Indem er die knapp 800 Seiten des Buchs gelesen hatte, hat er jeden Roman des Schriftstellers, dessen Bücher er seit einigen Monaten verschlang und der einer der bekanntesten und erfolgreichsten Schrifsteller seiner Zeit war, studiert. Er sagte insgeheim bewusst „studieren“ statt „lesen“, da er Notizen anfertigte, und Wörter, Sätze oder Absätze markierte.

Das Leben des Mannes war recht eintönig geworden, nachdem er früher einige Abenteuer erlebt und die Welt bereist hatte. Aber was waren schon Abenteuer? Ein dämlich klingender Begriff, den, wie er meinte, nur Naivlinge mit positivem Gehalt füllten. Er konnte sich diese Reisen leisten, da er Jurist, Journalist, Arzt, Schauspieler, Maler, war. Er beherrschte 50 Sprachen fließend. Er war Handwerker – und mehr als nur das: wenn zu Hause etwas nicht funktionierte, zum Beispiel ein Gerät oder ähnliches, dann reparierte er es in der Regel selbst. Diese Fertigkeiten, Fähigkeiten und Qualifikationen ermöglichten es ihm, weit und ausgedehnt zu reisen. Wo er hinkam, vermochte er sich zu verständigen. Wo er hinkam, fand er Arbeit. Wo er hinkam, wurde sein Sachverstand benötigt.

Weite Teile der Reisen konnte er durch seine Ersparnisse finanzieren. Er lebte allein. Niemanden scherte es, wann und ob er nach Hause kam. Er hatte einige Beziehungen und Affären hinter sich. Die meisten – oder eigentlich alle scheiterten, weil einer der beiden, also etwa er oder die Frau das Interesse verloren, eigene Wege gingen, andere Wege gingen, sich zunehmend hassten statt liebten. *Ist Hass das Gegenteil von Liebe oder dasselbe?*

Dieses – vermeintliche – Hassen war vielleicht die Folge von situationsbedingten Anlässen. Er nahm nicht selten an gewissen Dingen Anstoß. Man könnte meinen, er und seine Frauen, mit denen er freilich nicht gleichzeitig, sondern nacheinander zu tun hatte, denn so viel Anstand hatte er eben noch, – seien lediglich Freunde gewesen. Nein, sie liebten sich. Nur anders.

So philosophierte er also gedanklich herum, bevor er endlich das Buch zur Seite legte. Er hatte sich einige Notizen gemacht, weil er eine grobe Übersichtsskizze über die Bücher erstellen wollte, die er von jenem Autor gelesen hatte.

Er nahm sich vor, vielleicht knapp 50 bis 60 Seiten zu schreiben, sinnierte über ein paar Kapitelideen, während er genüsslich sein Wasser austrank. Er hasste Tee, Kaffee und Süßgetränke, zum Frühstück gab es stilles Wasser aus der Leitung. Dazu ein Brot ohne Butter mit der preislich günstigsten Salami, die der Supermarkt zu bieten hatte.

Als er nun seine Notizen gemacht hatte, die in einem Ablage-Stapel auf seinem Tisch lagen, ließ er von dem Gedanken ab, sie sogleich in einen zusammenhängenden Text zu übertragen. Erst ein bisschen Zeit ins Land ziehen lassen. Noch einmal alles durchdenken, ohne es anzusehen. Gute Gedanken kamen ihm nicht selten dort, wo der Schreibtisch nicht war.

Draußen war es neblig. Der Acker kalt. Die Erde hart gefroren. Nachdem er die Stube verlassen hatte, ging er in die Eiseskälte. Er hatte nun vor, seine übliche Route zu gehen. Und er traf zufällig ein paar Personen aus seinem früheren Leben, durch die er hindurchlief. Er traf auf Widerstände, die nicht da waren. Traf hier auf Steine, die er tragen musste, um in das nächste Dorf zu gelangen. Traf da auf Gebäude, die er mit der Hand umdrehen musste, um sie sich anzusehen. Traf dort auf unbekannte und fremde Menschen, deren Start-Knopf er betätigen musste, um sie bewegt zu machen und um so die Gebäude, die Plätze zu beleben.

Er machte einen Schritt. Dann war er auf dem Mond, wo er alles überblicken konnte, was er auf seinem Spaziergang getan hatte – und weitaus mehr als das.

Wo war er? Überall lagen Skelette. Exkremente. Gliedmaßen. Müll. Dreck. Draußen war ein Garten mit vielen Apfelbäumen, wo indigene Tänzerinnen aus Südamerika in Unterwäsche tanzten und ihn anlächelten. Er sah Bücherregale, die bis in den Himmel ragten, so dass er nicht in der Lage war, sie umzudrehen wie das Brandenburger Tor zuvor auf dem Weg zum Mond.

Auf seinen Füßen krabbelten Ameisen. Sie bissen in seine Füße und rissen große Fleischbrocken heraus, was ihn nicht scherte. Er nahm die Tiere, aß sie auf und reparierte seine beiden Beine. Dafür benötigte er zwei Minuten. Er verließ den Ort kundiger als er es zuvor gewesen war und trat die Heimreise an. Auf der Kreuzung sah er einen rasenden Läufer, dessen Bart mehrere hundert Meter lang war und der aussah wie ein Roboter, die Mimik finster. Als der Läufer an dem Spaziergänger vorüberlief, nahm er ihn im Vorbeilaufen auf und setzte ihn auf den nächstgelegenen Asteroiden. So konnte der Spaziergänger weiterziehen.

Mit einem Mal war er fast zu Hause angelangt, wo ihn Krokodile erwarteten. Er musste sich von ihnen fressen lassen, um weiterzukommen. Von jedem. Woher er das wusste, wusste er selbst nicht. Aber er kannte diese Spielregel. Die Krokodile hatten die Füße einer Spinne und webten Netze, auf denen der Spaziergänger tänzeln musste, um zum nächsten Krokodil zu gelangen, das ihn begierig erwartete. Seine Hände klebten an diesen Netzen. Er gelangte aber doch einigermaßen unversehrt von Tier zu Tier.

Die Netze spannten sich über tiefe Schluchten, aus denen Augen ihn anstierten, die das Geschehen verfolgten. Es waren einäugige Wesen. Ihre Körper waren Leitern. Mehr konnte er nicht erkennen. Sie riefen nach ihm, wie er meinte. Was sie außerdem sagten, konnte er akustisch nicht verstehen.

Wie schnell war er doch schon bei dem nächsten Wesen angelangt. Es waren Vierecke. Sie hatten Hälse wie Giraffen und Köpfe, die einzig und allein aus Mäulern bestanden. Aus ihnen tönte Musik. Ein Code, den er an ihren Hälsen eingeben konnte, ließ die Musik ertönen, genauer, er musste sich seine Melodien und Lieder heraussuchen, konnte frei wählen, was er hören wollte.

Er ging weiter. Der Weg unter ihm war eine Mischung aus klebrigem Stoff, Morast und gangbaren Steinbrocken. Mit seinen Händen wechselte er die Musik so lange und so oft er wollte. Er hatte nun ein Kanu unter sich. Und er wusste, wie er das Paddel betätigen musste. Nämlich gar nicht. Denn er musste es lediglich essen, es war aus Marzipan. Je mehr er davon aß, desto weiter fuhr das Kanu. Währenddessen waren seine Hände nach links und rechts an die wohlgeformtesten Brüste gebunden, die er je berührt hatte. Ihre Trägerinnen konnte er nicht sehen. Denn mit seinem Kopf musste er nach dem Essen schnappen. Seine Zähne waren bogenförmig und gelegentlich gummiartig. 20 bis 50 Zentimeter lang. Ähnlich wie die eines Säbelzahntigers. Nur nach vorne gebogen. Und beweglicher. Wie irre schnappte er nach dem Marzipan, schnappte sich diese Süßigkeit, die sein

Körper – nun ein Hohlraum – verdaute. Seine Beine, die er ja repariert hatte, gab es hier nicht mehr. Er benötigte sie nicht.

Am nächsten Ort war ein Meer aus Flammen. Sein Körper war Eis. Er schritt durch die Flammen, die ihn überall kitzelten, als neckten ihn unzählige Frauen. Er begann, sich mit seinen Armen, deren fingerlose Hände aussahen wie Frisbee-Scheiben, und derer er nun acht hatte, über seinen Körper zu fahren, um sich dieses letztlich doch unangenehmen Gefühls zu entledigen. Nichts war ihm lieber als nun an einem anderen Ort sein zu können, auch wenn er dort gefressen würde.

Er stand im Begriff, das nächste Tor zu durchschreiten, das ein Kreuz war, aber eher aussah wie ein X. Er musste sich also selbst als X abbilden beziehungsweise umformen, was ihm kaum gelang – was er zuvor erlebt hatte, hatte er hingegen leichter bewältigt, weil er sich nicht selbst verändern musste. Nun gelang ihm der Durchgang durch das Tor. Zwei weitere Beine waren ihm aus dem Kopf gewachsen. Es sah aus, als besäße er vier Beine. Tatsächlich war es ein Bein. Sein Körper war *ein Bein* geworden. Mit vier Unterbeinen. Auf ihnen befanden sich überall Augen. Vier Augen also. Nichts fiel ihm leichter als seine Umgebung zu umblicken. Es waren Hochhäuser. Darin hausten kleine Geräte. In einem Zimmer saßen Fernseher auf der Couch und sahen sich Menschen an, die regungslos vor ihnen standen. In einem Badezimmer duschte sich der Duschkopf und hielt dazu einen Menschen in der Hand, der Wasser spie. Die Häuser waren Trapez-förmige Gebilde, auf denen Haare wuchsen, die wie Rasenmäher aussahen. Riesen rasierten die Häuser. Mit Stahlhämmern schlugen sie die Rasenmäher ab. Die zu Boden gefallenen Haare wiederum wurden Staubsauger. Noch in der Luft änderten sie ihr Aussehen. Der Spaziergänger sammelte sie auf, indem seine Füße sie aufsogen.

Zu einem Rad geformt, bewegte er sich nun rollend fort, während seine Arme rechtwinkling abstanden. Wie ein Kreisel sah er aus. Mittlerweile war spürbar viel Zeit verstrichen. Doch als er zu Hause ankam, schaute er auf die Uhr und stellte fest, dass seit seiner Abwesenheit kaum eine Minute vergangen war.

Der Nachdenker

Immer wenn er dachte, trat sein Gehirn aus seinem Kopf heraus. Mit seinen Ellenbogen musste er es wieder einfügen, ehe er das Denkvermögen verlor. Denn seine Finger befanden sich an seinem Kinn, wodurch er besser essen konnte. Seine Finger nahmen auf, was vor ihm lag. Mit seiner Ferse hingegen musste er seine Ellenbogen anstoßen, sie also dazu bringen, sein Gehirn einzufügen, um denken zu können.

Somit beschäftigten ihn beim Denken zwei Dinge. Sein Denken bestand aus zwei Denkrichtungen, einerseits aus dem Denken an die Lenkung seiner Fersen und Ellenbogen und andererseits aus dem Denken an das, was er eigentlich dachte, also dem Denken an das Bewegen seines Gehirns. Doch woran er wirklich dachte, während er an dies alles dachte, das war sein Geheimnis – nicht nur vor anderen, sondern auch vor ihm selbst.

Ein Wesen

Hier auf der Erde lebte mal ein Wesen. Es hatte kein Aussehen. Jeder, der es sehen wollte, sah es anders. Der eine sah dies, der andere das und der Dritte sah jenes. Manche sahen gar nichts. Aber immer war es da. Und nie tat es dasselbe, nie tat es etwas anderes. Nie sagte es etwas, nie schwieg es. Nie war es so wie es ist und war doch stets genauso wie es war. Es hatte keine Farben und sah doch wie alle Farben aus. Es hatte keine Form und doch konnte es jede Form annehmen. Es aß nicht – und aß doch alles.

Der Teppich

Für den Teppich war nie irgendetwas ein Problem. Er ließ sich einfach grüne Haare wachsen. Dann lag er da, sah aus wie Rasen und wartete bis er benötigt wurde. Natürlich zu seinen Lasten.

Er hatte mehr erlebt und gesehen als seine Besitzer. Wenn etwas nicht passte, bewegt werden musste, dann ließ er einfach einen Dachs kommen, eine Ente, einen Wiesel, einen Löwen einen Bären oder dergleichen. Diese Tiere handelten dann in seinem Sinne. Er konnte also selbst tätig werden, indem er dachte. Und wodurch die Tiere herankamen. Sein Denken bestand im Heranholen seiner Tiere. Diese seine Tiere bestanden aus und in seinen Gedanken. Zunächst dachten die Menschen, die gedachten Tiere seien Schuhe. Tatsächlich waren es Tiere, die im und wegen des Denkens des Teppichs existierten.

Der Tag und die Nacht

Kaum hörte der Tag auf, fing ein neues Leben an. Kaum hörte das Leben auf, fing ein neues Hemd an (getragen zu werden). Kaum hörte das Hemd auf (getragen zu werden), fing ein neuer Stift an (zu schreiben). Kaum hörte der Stift auf (zu schreiben), fingen neue Dinge an, zu werden. Kaum waren diese Dinge, vergangen sie.

Kaum war die Erde vergangen, fing die Nachttischlampe an, zu brennen. Kaum hörte die Lampe auf, zu brennen, fing die Grille an, Geräusche zu machen. Kaum hörte die Grille auf, Geräusche zu machen, fing der Behälter an, zum Tag zu werden.

Der Behälter leuchtete im Hellen, leuchtete selbst hell und verdunkelte im Dunkeln – machte aber auch selbst alles dunkel. Das Behältnis war der Tag.

Die Nacht war die Säule. Denn die Säule war das, was im Dunkeln Orientierung bot. Aber weil die Säule die Nacht war, gab es in der Nacht nicht die Möglichkeit, sich zu bewegen. Die Nacht selbst war nichts. Der Zwischenraum zwischen den Säulen war selbst Säule, weil Nacht war. Nichts war durch die Säule zu sehen. Nichts war bewegbar, nichts konnte sich gegen sie bewegen.

Die Ameise

Es lief über seinen Ärmel. Das kleine Tier. Es sah eher aus wie ein schwarzer Punkt, der fähig war, sich fortzubewegen, Beine waren nicht ersichtlich. Eigentlich seltsam. Die kleinste Art der Ameisen sah bereits aus der Entfernung von etwa zwanzig Zentimetern aus wie ein Punkt. Erst bei genauem Hinsehen sah man, dass mehr als ein Punkt war. Ein Körper, aus Punkten geformt – und immer noch keine Beine zu sehen. Mir nichts, dir nichts schnippste er mit dem Zeigefinger das Tier weg.

Quader

Quader sind unnatürliche Gebilde. Ihre Form taucht in der Natur nicht auf. Quader sind Quatsch.

Schneller

Schneller ging die Treppe hoch.

Schneller ging er die Treppe hoch.

Schneller ging Schneller die Treppe hoch.

Schneller ging Herr Schneller die Treppe hoch.

Schneller als die Schnelleren ging Herr Schneller die Treppe hoch.

Schneller als die Schnelleren ging Herr Schneller schnell die Treppe hoch.

Schneller als die Schnelleren unter den Schnellsten ging Herr Schneller schnell die Treppe hoch.

Schneller als die Schnelleren unter den Schnellsten ging Herr Schneller – schneller als schnell – die Treppe hoch.

Schneller als die Schnelleren unter den Schnellsten ging Herr Schneller – schneller als schnell – die Treppe für Schnelle hoch.

Schneller als die Schnelleren unter den Schnellsten ging Herr Schneller – schneller als schnell – die Treppe für die Schnellsten der Schnellen hoch.

Schneller als die Schnelleren unter den Schnellsten ging Herr Schnell Schneller – schneller als schnell – die Treppe für die

Schnellsten der Schnellen hoch.

Schneller als die Schnelleren unter den Schnellsten ging Herr Schnell Schneller – schneller als schnell – die schnelle Rolltreppe für die Schnellsten der Schnellen hoch.

Schneller als die Schnelleren unter den Schnellsten ging Herr Schnell Schneller von und zu Schnell – schneller als schnell – die schnelle Rolltreppe für die Schnellsten der Schnellen hoch.

Schneller als die Schnelleren unter den Schnellsten ging Herr Schnell Schneller von und zu Schnell – schneller als schnell – die von Schnellen angefertigte schnelle Rolltreppe für die Schnellsten der Schnellen hoch.

Schneller als die Schnelleren unter den Schnellsten ging Herr Schnell Schneller von und zu Schnell – schneller als schnell – die von Schnellen der Firma Schnell angefertigte schnelle Rolltreppe für die Schnellsten der Schnellen hoch.

Schneller als die Schnelleren unter den Schnellsten ging Herr Schnell Schneller von und zu Schnell – schneller als schnell – die von Schnellen der Firma Schnell schnell angefertigte schnelle Rolltreppe für die Schnellsten der Schnellen hoch.

Denken ins Leere

Er schloss die Augen und dachte ins Leere. Gedankenleere war es nicht. Denn aus dem Denken ins Leere entstand dieser Text. Dieser leere Text. Leer an Gedanken. Aber reich an Wörtern. Das Denken ins Leere ermöglichte die Konzentration auf das Wesentliche. So wird die Leere zum Vollen, zum Wesentlichen. Leere erlischt und der Gedanke erstrahlt. Wenn die Gedanken nicht erstrahlen, bleibt die Leere leer.

Ein Sommertag

Manche Frauen erscheinen so plötzlich, dass man nicht vorbereitet ist. Nicht vorbereitet auf ihr Erscheinen. Sie blitzen noch unerwarteter auf als der Blitz eines Gewitters, als dessen Donnern gar. Denn beim Gewitter fliegen Vögel tiefer, hängen die Wolken schwer. Weht der Wind vielleicht stärker.

Manchmal ist es auch die Motorisierung, die Menschen zueinander bringt – in eine Nähe, die zwar nah, aber doch auch fern ist. Nicht einmal Blicke werden ausgetauscht. Es bleibt dann beim jägerhaften Streifen des Blicks des einsamen Mannes. Zu beschäftigt im Trubel ihrer Begleitung ist sie, als dass sie die Personen ihrer Umgebung genauer wahrnehmen kann. Vielleicht tut sie es flüchtig. Doch auch das hätte sich bemerkbar gemacht.

Im engen schwarzen Oberteil bequemen sich die vollen Brüste der jungen Frau. Ebenso betont die dünne schwarze Stoffhose ihre reizende Weiblichkeit und provoziert verstohlene Blicke ihrer Umgebung.

Bleibende Blicke

Ihre Erscheinung war seit Monaten eine der vorzüglichsten. In keiner deutschen Stadt sah er bislang ein solches Prachtweib. Sie war nicht wirklich groß, allzu klein war sie auch nicht. Doch lassen Sie mich gesagt sein, dass ihn all ihre Ausstrahlung in seinen Bann zog, all ihre Ausstrahlung, die sich auf ihre dezent und verführerisch, keineswegs oberflächlich, aber elegant und hinreißend zur Schau gestellte Weiblichkeit konzentrierte.

Keine Faser ihrer Kleidung, keine Wölbung ihrer Haut, keine Locke ihres Haares, die nicht das bei ihm bewirkten, was die Natur sie hat bei ihm bewirken lassen wollen. Nachhaltigen Eindruck, bleibende Erinnerung an wenige Minuten – und ein leichtes Gefühl der Sehnsucht.

Das Beben

Das Beben war zu sehen, nicht zu spüren. Es war keine Gefahr für Leib und Seele. Aber ein Fanal für das Auge. Das Beben bewegte nicht die Umgebung, sondern die Sinne. Es betörte sie.

Ein Tag

War es für ihn ein Tag wie jeder andere auch? Ein Tag, der verging, an dem die Aufgaben wahrgenommen wurden, die wahrgenommen werden mussten, wollten, durften oder konnten, an dem die Mahlzeit zu den üblichen Zeiten zu sich genommen wurde, zu denen sie üblicherweise zu sich genommen werden musste oder sollte. Ein Tag mit wenig Gesprächen, mit einigen Gedanken, vielen davon nie niedergeschriebenen.

Ein Tag, an dem die eine oder andere Aufgabe hätte erfüllt werden können, wenn da nicht private und organisatorische Hürden gewesen wären.

Ein Tag, auf den weitere Tage ähnlicher Art folgen werden. Ein Tag, an dem Entscheidungen hätten getroffen oder revidiert werden können. Ein Tag mit Zweifeln. Ein Tag mit einer gewissen Verschiebung von Entscheidungen, die nicht unbedingt getroffen werden müssen, da sie bereits geregelt sind. Ein Tag ohne unerwartete Ereignisse.

Ein Tag mit Arbeit, Essen, Nachdenken, Zweifeln, zu viel Zweifeln, mit Organisieren und Nicht-organisieren, Schreiben, Schlafen. Ein Tag mit Abwarten, mit Gelassenheit. Ein Tag mit Fußmarsch.

Schleudern

Er lief in das Haus, nahm die Treppe nach unten, dann nach oben, weiter nach oben, wieder nach unten. Erdgeschoss. Ab in den Kamin. Dort kletterte er nach oben. Schneller als ein Leopard. Benötigte nur zwei Sekunden. Nach oben.

Oben auf dem Dach war er ein neuer Mensch. Schwarz gekleidet. Aber gedanklich und physisch neu. Er nahm die Dachziegel. Baute eine Treppe in die Luft, eine Art Brücke. Eine Brücke bis hinüber ins nächste Dorf. Benötigte nur drei Sekunden.

Dort schnellte er zurück in sein Haus, nahm sein Gepäck, nahm Kleinigkeiten mit. Rucksack, Tasche, auch Korkenzieher, Zahnstocher, Nagelfeile, Taschentücher, Klopapier.

In die Tasche stieg er ein. Rutschte mit ihr nun außen am Haus die Wand hinauf, auf das Dach, dann auf die Ziegeltreppe ins nächste Dorf. Beinahe Lichtgeschwindigkeit.

Während der Fahrt hatte er nach links und rechts geschaut. Kein Gegenverkehr. Mal flog ein Vogel, mal eine Amsel, mal kreiste ein Bussard. Er brillte sich mit der Sonne. Sonnenbrille.

Die kurzen Haare engst gegelt. Der Blick kaum wahrnehmbar. Schaute mal links, mal rechts. Wenig Mimik. Er lenkte die Tasche mit der Plastikflasche, die ihm als Gangschalter diente. Die Schnelligkeit stellte er gedanklich ein.

So kam er an, erst beim Bäcker, dann beim Supermarkt. Dann bei den anderen neuen Menschen, die nicht gingen, sondern in der Luft rannten. Ihre Arme, kilometerlange Ruder. Er musste ihnen ausweichen. Sie schnell umfahren.

Das Ziel der Reise war der Weg selbst. Das Mittel der Reise war die Schnelligkeit, das Denken an sie. Kein Stillstand, kein Verweilen.

So gelangte er an die Küste und war nun ein Riese aus Stein. Er stampfte die Dünen hinab in das Meer. Lief durch das Meer. Ging darin nicht unter. Spürte die vielen Fische, seien sie klein oder groß, an seinen Beinen. Rannte durch das Meer, machte nun Schleuderbewegungen, schleuderte sich mit Purzelbäumen durch das Wasser. Schnappte sich die Brille aus der Tasche, die nun in einer Höhle an seiner Steinhüfte eingeklemmt war. Setzte sie auf und sah beim Purzelbaumschleudern alles um sich herum.

Nie zuvor gesehene Tiere. Unbekannte Tiefen. Obwohl hier kein Sonnenlicht mehr eindrang, sah er alles. Kaum und nicht erforschte Wesen. Er änderte seine Art der Fortbewegung in ein Rennen, ein Hasten, ein Galoppieren. Er schleuderte sich auf allen Vieren wie ein Leopard nach vorne. Ein Leopard aus Stein.

Er hielt sich am Wasser fest, um nach oben zu gelangen. Er aß das Wasser mit seinem Mund und trank die Fischlein. Essen zur Fortbewegung. Tanken. Trinken, um zu schmecken. Thunfisch.

Nichts war besser als auf diese Weise nach oben zu gelangen, nichts ging schneller, so, nicht anders. So kurvte er nach oben, schleuderte sich, drehte sich, veränderte sich. Schoss empor kilometerweit nach oben durch den Ozean. War nun kein Stein mehr, sondern wieder Mensch, ein Mensch aus Kleidung, aus Farbe, ein kilometerhoher Mensch von wenigen Zentimetern Durchmesser. Ein Mensch, der nur zu sehen war, nicht aber zu greifen war. Schneller als das Licht. Kam er an über dem Meer.

Von dort zerplatzte und zerschleuderte er sich in alle Richtungen, ohne zu zerfallen, war nun aus Edelsteinen, sammelte sich ein, schnappte sich, baute sich neu. Formte sich und war eine Lehmkugel. Er schleuderte sich als Lehmkugel über das Wasser. Berührte es nicht. Kam auf den Kontinenten an. Durchquerte sie. Schleuderte hin und her. War wieder zu Hause. Saß am Schreibtisch und schrieb alles nieder.

Romanversuch?

Er versuchte sich an einem Roman. Roman versuchte einen Roman. Zu erleben. Zu schreiben. Hunderte Seiten. Bislang nur Kurzgeschichten, viele davon Müll. Das meiste hanebüchen. Mal nur Unsinn, mal zu viel Erotik. Mal zu kurz, mal nicht lang genug.

Wieder hinsetzen, drauflos schreiben. Die Gedanken fließen lassen. Die Gedanken fließen lassen und dabei schreiben. Nicht erst denken und dann schreiben, sondern schreiben, während man denkt. Denken, während man schreibt. Schreiben, indem man denkt. Und denken, was man schreibt.

Muss man belesen sein, um zu schreiben? Was erlebt haben, um zu schreiben? Oder genügt es, zu schreiben, um für andere das Geschriebene als ihr Leseerlebnis darzustellen? Wieder drauflosschreiben. Nicht nachdenken, was man schreibt, sondern einfach den Gedanken auf das Papier, in das Dokument bringen. Schreiben ohne Anspruch? Also Schreiben ohne Qualität? Mit der Qualität der Form zwar. Viele Stilfehler? Vielleicht. Je nach Ansicht. Aber inhaltlich? Genügte es ihm nich'.

Wie die Struktur eines Romans entwerfen? Welche Figuren? Welche Handlung? Welche Ereignisse? Mehrere Bände?

Mit diesen Gedanken trug er sich über das Papier. Gedanklich über den Tag, in das Bett und in die Nacht hinein.

Alles sei Literatur. Oder zumindest Text. Ja, von wegen. Der

Leser entscheidet. Nicht nur er, sondern auch der Markt, der bestimmt.

Bestand das Leben aus dem Aufschreiben seiner eigenen Gedanken, von denen er in seiner Eitelkeit meinte, sie würden ernsthaft auch andere interessieren? Warum liest man Bücher und Romane von Personen, die darin nicht nur Erfundenes, sondern auch Geschichten aus ihrem Leben niedergeschrieben haben? Wen interessieren Erlebnisse und Erfahrungen, die literarisch vielleicht gut verpackt sind, aber inhaltlich nicht den Alltag anderer widerspiegeln.

Spannend sind vielleicht die unerzählten Geschichten, dachte er. Spannend sind die Geschichten, die täglich passieren, sich ereignen, aber die niemand notiert. Niemand liest. Die Leute lesen Erfundenes oder Alltägliches, wenn es gut geschrieben, gut erzählt ist. Doch vieles wird nie gut erzählt werden, ist aber spannender als jedes Buch. Wenn es denn erzählt werden würde. Alles Ansichtssache.

Warum werden Protokolle immer (oder oft) nur dort geführt, wo es am langweiligsten ist?

Der eine Schriftsteller schrieb über die Jagd, über die Frauen. Es gibt viele Jäger mit Jagd- und erotischen Erlebnissen. Motive, Erlebnisse, vieles, was andere auch erleben. Aber das Schreiben darüber ist von Bedeutung. Spannend ist die Fantasie und die Fiktion, die Dystopie. Was noch niemand erlebt hat. Sie ist das Fantasievolle. Sie ist aber nicht unbedingt notwendig. Viele schreiben ohne sie, die Fiktion, die Dystopie. Schreiben also autobiographisch. Doch sie, die Fiktion, kennzeichnet besondere Texte.

Einfach mal mehr als nur wenige Seiten schreiben, dachte er, mehr als nur wenige Seiten Kurzgeschichten. Wenige Zeilen Gedanken. Eine Idee. Ein Plot. Geplant? Oder ungeplant? Einen

Roman einfach so hinschreiben? Soll es wohl geben oder gegeben haben.

Wieviele Seiten pro Tag? Wieviel Disziplin dafür? Der Vorteil: Man benötigt sein Hirn, Papier, Stift. Oder ein Textdokument am Laptop oder PC. Nicht sonderlich viel. Es ist kein Studium. Aber ein Lernen durchaus. Doch Kein intensives Sich-Befassen mit Texten, mit nur schwer zugänglichen Meinungen über diese Texte, mit Quellen, und mit Meinungen über diese Quellen. Das würde Ressourcen binden.

Schreiben kostet nichts. Jeder kann es. Ist Geschriebenes jedweder Art deshalb Müll?

Ein wenig Geist, ein wenig Erlebnis, ein wenig Lektüre, ein wenig Stil, ein wenig Form. Das sollte genügen. Fürs erste. Um wenigstens ein wenig zu Papier zu bringen.

Hat Caesar seine Taten wirklich selbst geschrieben? Woher weiß man das? Das war eine Frage, die ihn interessierte. Sie zu prüfen, würde Zeit benötigen, Ressourcen binden. Aber das wäre ja wieder Studium. Macht Spaß, aber benötigt entsprechende Mittel.

Also doch lieber irgendetwas schreiben. Kurzgeschichten etwa. Gedanken fließen lassen.

Einfach texten.

Hauptsache, die Rechtschreibung stimmt – einigermaßen. Sie wird ja ohnehin vom Textverarbeitungsprogramm berichtigt. Also ist es der Inhalt, der von ihm selbst kommen musste, dachte er, wusste er.

Er schrieb in einem Raum ohne Farbe. Alles weiß. Saß am schwarzen Tisch. Schwarz-weiß-Malerei. Gab es aber nicht. Nicht in der Geschichte. Das Leben ist Grau. Nicht als eintöniges Grau. Sondern stufenhaftes Grau. Also schrieb er. Saß da wie ein Alien. Keine Haare auf dem Haupt. Weißes Hemd. Spindeldürr. Schwarze Jeans.

Von außen betrachtet sah man nur einen Menschen, einen Tisch, einen Laptop.

Dann das Fletschen der Zähne und das Beißen in den Laptop. Er verschlang ihn. Aß sein Geschriebenes. Mutierte zum Vampir. Zum übermenschlichen Nichtmenschen. Zum einäugigen Zyklopen.

War dann wieder er selbst und schrieb weiter. Bis zum bitteren Ende.

Betrug

– *Betrug*, schrie der Käufer.

Leere Seiten.

Halbleere Seiten.

Wenig Text auf manchen Seiten.

– *Na und*, bellte der Verfasser zurück.

Das habe ich halt geschrieben.

Geschichten enden einfach mal nach wenigen Zeilen. Zieh es dir trotzdem rein.

– *Kein Bock. Ich lese was Besseres. Nichts, was nicht noch weniger Sinn ergibt, als das, was mir hier von dir geboten wird.*

Betrug. Disput. Wegen eines Textes. Wegen Geschriebenem. Wegen Buchstaben. Wegen Wörtern. Manche nennen es Wissenschaft. Andere Bierzeltgespräch.

Der Flaneur

Er machte sich auf, um ein paar Dinge zu organisieren. Wobei *organsieren* vielleicht nicht das richtige Wort ist. Manchmal ist mit *organisieren* gemeint, Dinge zu regeln, ohne sich an die Regeln zu halten. Dinge auf Wegen zu beschaffen, auf denen man sie nicht beschaffen sollte.

Er machte sich also auf, um einzukaufen, zur Post zu gehen. Ein Besuch in der Innenstadt. Die brühende Hitze machte ihm sogar ein wenig zu schaffen, doch er hatte an das wichtigste gedacht: Wasser. So lief er durch die Straßen, sah sich um, sah viele Menschen.

Sprach mit ihr.

Gedanklich.

Denn als er sie sah, war sie wieder weg.

Spracht mit ihr.

In der Realität

Als er sie sah.

– Kommst du von hier?

– Nein.

Er verlor den Boden unter den Füßen. Schlangen machten sich daran, seine Fortbewegungsfreiheit einzuschränken. Sie stand vor ihm. Sah die Schlangen nicht. Hörte ihn nicht schreien.

Denn was er schrie, was er um Hilfe schrie, kam bei ihr als Frage an. Als Aussage. Wohlformuliert.

– *„AAAAAAhhhh!“*, schrie er.

– *„Nein, ich weiß nicht, wo der nächste Supermarkt ist, aber weit kann er nicht sein, wir befinden uns ja in der Innenstadt.“*, antwortete sie.

Er versuchte, seine Füße zu bewegen und die Schlangen wegzutreten oder mit seinen Händen wegzuschieben. Sie kamen ihm aber näher. Bis an die Hüfte. Er konnte sich nicht mehr auf den Füßen halten. Um ihn herum liefen die Leute durch die Innenstadt. Gingen einkaufen. Trugen Taschen. Lachten, sprachen. Schauten. Zeigten sich.

Ihr knappes und enges Oberteil stand ihr sehr gut. Betonte alles, was sie zu bieten hatte.

Er bekam keine Luft mehr. Die Schlangen drückten gegen seinen Brustkorb. Sie sah das nicht. Sah sie einen Geist? War sie ein Geist? Waren die Menschen Realität? War er im Urwald? Oder war alles Realität? Alles Traum? Alles Einbildung?

Es gibt nichts mehr zu erzählen über diese Begegnung. Die Geschichte endet an dieser Stelle. Ich weiß nicht, was mit ihr, was mit ihm, was mit den Schlangen, mit den beiden passierte.

Und schon wieder

Und schon wieder. Schon wieder machte er den Fehler, Tag und Nacht zu vertauschen. Die Träume der Nacht und die Erlebnisse des Tages zu verwechseln. Er handelte in der Nacht, aber schlief am Tag.

Wenn alles Atome sind, dann ist sein Körper ja ein Puzzle.

Also puzzlete er an sich herum. Im Traum. Als er aufwachte, war alles beisammen.

Knappe Sache

Er rang mit sich, erneut über diese Dinge zu schreiben. Also ließ er es fast bleiben. Tat es dann doch. Nun dieser Text.

Schreibt man über Träume? Also über die Umsetzung dessen, was man umsetzen will? Tagträume. Oder schreibt man darüber, dass man etwas nicht umgesetzt hat? Versäumnisse.

Schreiber tun beides. Und in beiden Fällen kann dies auch gelingen. Und gut lesbar sein.

Der eine Schriftsteller schrieb über Dinge, die er nicht erlebte. Und der andere Schriftsteller schrieb, pauschal gesagt, über Dinge, die er erlebte. Erlebnisse.

Worüber also schreiben? Ganz ferne, erfundene Handlungen, die mit der eigenen Biographie nichts zu tun haben?

Eigentlich wollte er diese Überlegungen nicht anstellen. Tat es dann doch. Schrieb diesen Text. Und war sich zumindest sicher, dass seine Kurzgeschichten für Kurzgeschichten zu kurz waren.

Urlaub des Schreckens

Brett und Charles waren schon lange nicht mehr im Urlaub. Sie führten ein bürgerliches Leben. Das heißt, sie gingen zur Arbeit, machten abends Feierabend, aßen Abendbrot, setzten sich auf die Couch und entspannten.

Neun Stunden auf der Arbeit. Fünf Stunden abends zu Hause, bevor sie schlafen gingen. Meistens schauten sie Fernsehen. Ihren Urlaub hatten sie schon vor einiger Zeit geplant. Sie wollten in die Berge fahren. Es war kein Sommerurlaub, sondern ein Herbsturlaub, da im Spätherbst die Preise etwas günstiger waren.

Charles fuhr einen alten Gebrauchtwagen, der beinahe kaum noch zu gebrauchen war. Aber solange er fuhr, wollte er ihn nicht weggeben. Sie packten für einen Aufenthalt in einer Hütte. Weder die Hütte noch den Ort oder die Region kannten sie. Sie mochten es, wenn nicht allzuviele Menschen in der Umgebung waren. Daher hatten sie sich ein Haus ausgesucht, das in der Nähe eines Sees war, der weit oben in den Bergen und abgelegen von den Gegenden war, in denen die Hotels sich befanden.

Nichts war ihnen lieber, als Ruhe. Ruhe vom stressigen und vor allem lauten Lärm des Alltags. Vom Lärm auf den Straßen, vom Schmutz und Gestank der Großstadt. Nichts war ihnen lieber, als ein paar Schritte zu gehen, einen Weg durch die tiefen Wälder. Einen Weg durch Naturschutzgebiete. Charles hatte sich eigens für den Urlaub einen Fotoapparat gekauft, der sehr hochwertig war. Er wollte einige schöne Bilder aufnehmen. Nahaufnahmen von Gebirgsadlern. Von wilden Tieren. Vom Blick in die Täler, wo die Siedlungen waren.

In der Nacht vor der Hinfahrt schlief Brett schlecht. Sie hatte Kopfschmerzen, war unruhig und konnte nicht abschalten. Sie träumte schlecht. Zwar hatten sie viele Bilder von der Hütte gesehen, doch in dem Traum, den sie träumte, waren sie in einer Hütte und draußen tobte ein Sturm. Die hohen Fichten wackelten bedrohlich hin und her. Drohten, zu kippen. Die Wolken hingen bedrohlich tief und schnitten Grimassen. Wie Hexen lachten sie ihr im Traum entgegen. Aus Schadenfreude über das irdische Leiden der Frau.

Schweißgebadet wachte sie auf, als Charles gelangweilt durch das TV-Programm zappte. Er hatte am Rande bemerkt, dass seine Frau schlecht schlief. Ein paar Regungen ihres Körpers waren ihm aufgefallen. Nachdem sie aufgewacht war, blickte er zu ihr.

„Meinst du, wir werden gutes Wetter haben?“ Den Inhalt ihres Traums verschwieg sie. Nicht, um ihm etwas vorzuenthalten, sondern weil sie den Traum auf diese Weise verdrängen wollte.

„Nein, die Wettervorhersagen waren gut.“ Er legte die Fernbedienung weg und beide schlummerten ein.

Am nächsten Morgen gingen sie zum Auto. Die Frische des Morgens lockte sie aus ihrer Lethargie. Nach einem kurzen Frühstück schnappte sich Charles die drei großen Koffer, lud sie in den Kofferraum und packte das Auto mit Handgepäck. Ein leichter Wind wehte. Den Weg wies ihnen das Smartphone.

Nach mehrstündiger Fahrt kamen sie an einem Vorort an, von dem aus es nicht mehr weit zu ihrer Hütte war. Circa 40

Kilometer. Gute 30 bis 45 Minuten. Am Ortsausgang stand ein altes Holzschild, das in die Richtung zeigte, in die sie fahren mussten. Einwohner waren kaum zu sehen, das verwunderte sie. Denn spät war es noch nicht. Am späten Nachmittag würde man erwarten, ein paar Leute in den Straßen der Ortschaft zu sehen.

Doch der Bäcker war geschlossen. Brett meinte, gesehen zu haben, wie eine alte Frau mit einem Hund an der rechten Straßenseite stand. Doch das war Einbildung. Es war ein Strauch, neben dem ein Blumenkorb war. Brett rieb sich die Augen. Wie konnte man sich so etwas einbilden? Charles sagte zu ihr, sie solle in den Rückspiegel schauen, Kinder würden ihnen dort zuwinken. Als sie beide in den Spiegel blickten, sahen sie nichts. Schwarze gähnende Leere. Bei hellichtem Tag.

Charles machte eine Vollbremsung. Beide gerieten in Schreck vor dem, was sich ihnen im Rückspiegel gezeigt hatte. Nämlich nichts. Schwarz. Finster und bedrohlich. Wie konnte es sein, dass der Spiegel nichts gezeigt hatte? Er parkte umgehend am Ortsrand.

„Hast du das auch gesehen? Hinter uns war alles schwarz. Nichts zu sehen, obwohl helllichter Tag ist."

„Ja, klar, was sagst du dazu? Ich bin total erschrocken."

Hatte er ihren Schrei überhört oder warum frug er so blöd, dachte sie.

Nun blickten beide gleichzeitig nochmal in den Rückspiegel. Alles war wie erwartet. Hinter sich sahen sie die Straße, die sie entlang gefahren waren. Sie sahen die Häuserzeile und im Hintergrund den blauen Himmel.

„Vielleicht hatte der Spiegel eine kurze technische Störung", meinte Charles.

So etwas konnte nur jemand sagen, der keine Ahnung von Technik hatte, dachte Brett, was sie aber nicht laut dachte, um keinen Streit zu entfachen. Schließlich wusste ihr Mann wohl selbst, wie dumm seine Vermutung war.

Sie vergaßen die Sache einstweilen und fuhren den Weg weiter, der sie an die Hütte führen sollte. Die Stimmung war angespannt. Sie waren wohlauf losgefahren. Den Traum hatte sie am Morgen, als sie abfuhren, vergessen, sodass sie beide munter in den Tag starteten. Während der Fahrt hatten sie viel über ihre Bekannten, über ihre Verwandten und über ihre Pläne für den Urlaub auf der Hütte gesprochen. Brett war kurz eingeschlafen, sodass er das Radio anmachte und die neuesten Charts hörte, die er sofort wieder wegschaltete, nicht weil er Charts nicht mochte, sondern, im Gegenteil, weil ihm der Song nicht gefiel und er daher ständig am Radio den Sender wechselte, um weiterhin moderne Musik hören zu können.

Er dachte währenddessen ein bisschen an die Arbeit und daran, was er im Leben vielleicht noch erreichen wollte. Kinder hatten sie noch nicht geplant. Sie waren frisch verheiratet.

Das letzte Straßenschild, das sie an die Hütte führte, war kaum lesbar. Zum Glück navigierte das Smartphone.

Als sie nun beide wortlos nebeneinander die letzten Meter den Berghang hinauffuhren, nahmen sie ungefähr gleichzeitig wahr, wie ein Baum auf die Straße lief.

Der Baum stellte sich auf die Straße direkt vor sie hin und nahm seine Äste, um das Auto auf Distanz von sich zu halten. Er nahm seine herabhängenden Äste, um mit dem Blattwerk eine Art Schutzraum um sich zu bilden.

Was heißt schon laufen? Seit wann laufen Bäume? Charles personifizierte den Baum, der auf der Straße stand. Gehend hatte er ihn wohl deshalb wahrgenommen, weil er um eine scharfe Kurve fahren musste, sodass er, als er den Baum sah, der Meinung war, der Baum hätte sich, je näher er anfuhr, auf die Straße hinbewegt.

Der Baum hatte so dichte Blätter um sich herum, dass sein Stamm nicht zu sehen war. Vielleicht hat ihn jemand auf die Straße gestellt. Wie einen Weihnachtsbaum, entwurzelt zwar, aber nur viel größer. Brett saß kommentarlos neben ihm. Ob sie dieselbe Trugbildung wie er hatte?

Er frug sie besser nicht, sondern hielt, ohne dass man ihm äußerlich etwas anmerkte, das Auto an. Der Baum war noch 50 Meter entfernt. Er sah zu Brett hinüber und frug: „Was meinst du? Kommen wir da vorbei?“

„Weiß nicht, sieht eher nicht danach aus.“

„Warum passiert immer uns so etwas?“ Fluchte Charles. „Wir schaffen das schon, es wird ein guter Urlaub. Lassen wir uns nicht von scheinbar merkwürdigen Begebenheiten die Vorfreude verderben.“

Sie küssten sich kurz und Charles überlegte schon, einfach zu versuchen, um den Baum herumzufahren.

Als sie beide wieder nach vorne blickten, war der Baum verschwunden. Wie vom Erdboden verschluckt.

„Kaum zu fassen“, stutzte Charles. „Ist es möglich, dass zwei Menschen sich irren? Oder ist es möglich, dass Menschen vor uns waren, als wir uns kurz zwei Minuten unterhielten, und den Baum weggetragen haben?“ Es war wohl doch keine Einbildung gewesen, dass der Baum sich fortbewegte, murmelte Charles.

Brett verschlug es die Stimme. Sie stammelte Wortbrocken vor sich hin, bevor sie einen ganzen Satz aussprach, den Charles aber vor lauter Schreck nicht wahrnahm.

„Da stand doch vor drei Minuten noch ein zig Meter hoher Laubbaum vor uns? Fass mich an“, sagte er laut zu Brett. „Fass mich an! Los! Ich will wissen, ob ich echt bin und ob du echt bist! Ob wir leben! Oder ob wir träumen!“

Da sie nicht reagierte, fasste er sie an, an den Schultern, umarmte sie; sie kreischten ein bisschen, sie lauter als er, hatten sich aber schnell wieder beruhigt. Beide waren den Tränen nahe.

„Wollen wir umdrehen? Nach Hause fahren? Irgendwie ist doch jetzt alles merkwürdig? Ich hatte diese Nacht schlecht geträumt, was ich dir noch gar nicht erzählt habe.“

„Nein. Wir fahren jetzt dorthin. Wir können die Hütte nicht mehr umbuchen. Die Dame, bei der sie gebucht hatten, kam aus der Umgebung. Das Dorf, das sie vorhin verlassen hatten, war ein Nachbardorf der Ortschaft, in dem die Ferienhaus-Vermieterin wohnte.

„Na gut. Aber ich habe jetzt wirklich wenig Lust auf diese Hütte. Es sei denn, sie ist so, wie sie auf den Bildern angepriesen wird.“

„Wir werden sehen.“, brummte Charles, denn auch er war verstimmt.

Als sie ohne weitere Zwischenfälle um ein paar Ecken fuhren, kamen sie an die Hütte. Eine sehr ansehnliche Holzhütte. Wie im Internet, so sah sie auch in echt aus.

Der Schreck über diesen merkwürdigen Baum saß ihnen zwar noch in den Knochen. Doch je länger sie auf die Hütte blickten, desto mehr vergaßen sie, was sie soeben erlebt hatten. Charles lenkte das Auto auf den Hof und parkte gekonnt vor dem Hauseingang. Das Auto stand parallel zum Haus. Der Boden war hier platt getretene helle Erde.

Der Baum lief um das Haus herum. Machte schnelle Schritte. Hastete bis hinter das Ferienhaus. Die beiden bemerkten ihn nicht. Es war zwar noch hell, aber auch etwas dunkel geworden. Außerdem nahm der Baum viele, viele Meter Abstand. Der Wald war hier so bewachsen, dass man an der ein oder anderen Stelle kaum zwei Meter in den Wald blicken konnte.

Charles sah sich kurz um, als er das Auto parkte. Er trug nun eine Sonnenbrille, obwohl er sie kaum noch benötigte. Das hellgraue Polo-Hemd hatte er in die dunkle Jeanshose gesteckt. Brett trug ein sommerliches Kleid. Ihr war nun etwas kalt geworden, sodass sie sich einen Pullover überzog.

Der Schlüssel war in einem Tresor am Briefkasten hinterlegt. Charles, der sich am Hauseingang befand, hatte sich den Code notiert und entnahm den Hausschlüssel.

Brett gab sich gelassen und genoss, während sie am Auto lehnte, die wenigen Sonnenstrahlen, die ihre helle Haut kitzelten.

„Komm, ich öffne die Haustür!“

Brett kam heran.

Die Tür knarzte etwas. Drinnen war es dunkel. Charles machte sofort das Licht an, sodass sie besser in den Flur sehen konnten. Viele Möbel standen hier. Alles sah einladend aus. So, wie sie es sich vorgestellt hatten. Und so, wie es auch auf den Bildern zu sehen war.

Nachdem Charles das Auto entladen, Brett etwas Essen zubereitet und die Wohnung – zusammen mit Charles – etwas hergerichtet hatte, stellten beide sich an das Fenster und blickten in den Wald. Sie sahen nichts als den leicht erhellten Vorhof und das sanfte Wehen der Äste. Nadel- und Laubbäume sowie Sträucher zierten den Waldrand. Der Weg selbst war eher breit, man konnte, wenn man ihn ein paar Meter entlang bis zur ersten Kreuzung entlangging, bis in das Tal hinunterblicken, wo Häuser, Gehöfte und kleine Siedlungen zu sehen waren. Der Wald selbst war am Hang nicht mehr so dicht bewachsen wie hier am Haus.

„Meinst du, wir werden jetzt nochmal solch merkwürdige Dinge erleben?“, frug Brett.

„Nein. Das mit dem Baum war vielleicht Einbildung. Ich hätte ein Foto davon machen sollen. Dann hätten wir einen Beweis, dass wir uns nicht getäuscht haben.“

„Auf keinen Fall! Zum Glück hast du davon kein Foto gemacht. Denn dann wäre ja alles noch merkwürdiger als es ohnehin schon ist. Dieses Foto würde mir nur Angst und Sorgen bereiten.“

„Ein bisschen Recht hast du. Vergessen wir die Sache und freuen uns auf morgen.“ Er wusste und spürte, wie unecht das Wort *freuen* auf Brett wirkte. Er wollte zuversichtlich sein.

„Morgen gehen wir ein wenig um das Haus herum und schauen uns ansatzweise den Weg an, der zum nächsten Berggipfel führt.“

„Gute Idee. Unternehmen wir am ersten Tag nicht allzu viele Anstrengungen.“

Sie saßen noch eine Weile am Küchentisch, aßen und sprachen miteinander. Um Mitternacht gingen sie die Treppe nach oben und begaben sich in das Schlafzimmer.

Kaum dass sie sich wenige Minuten hingelegt hatten, Charles vor Ermüdung schon beinahe im Tiefschlaf versunken war und während Brett sich noch das Nachthemd anzog, klopfte es. Ein Hämmern, so laut, als würde jemand lautstark mit einem Rammbock an die Hauswand klopfen. Das Hämmern kam von überall her. Sie konnten nicht feststellen, an welcher Hauswand. An allen Seiten wurde geklopft, gehämmert. War es drinnen oder draußen? Das Hämmern verlagerte sich gleichzeitig auf die Innenwände. An allen Wänden wurde geklopft.

Diese Wahrnehmungen und diese Gedanken hatten Brett und Charles gleichzeitig, als sie sich wie versteinert anblickten. Wie verschreckte Rehkitze, die meinten, eine Gefahr wahrgenommen zu haben, und abwarteten, was sich ereignen würde.

Charles und Brett fassten sich an den Händen an und wussten nicht, was sie tun sollten. Brett saß noch halb auf der Bettkante und kam nah an Charles heran, der mit seinem Oberkörper an der Wand hinter dem Bett lehnte.

Das Klopfen hörte nicht auf. Beide sagten keinen Ton mehr. Ein Erdbeben war es wohl nicht, dachte Charles. Denn dann würden die Betten wackeln. Würden die Wände wackeln, würde das Haus wackeln. Doch nichts bewegte sich. Nichts war als Ursache des Hämmerns wahrzunehmen. Nur das Hämmern selbst war da.

Zwischenzeitlich hatte Brett sich eng an Charles geschmiegt und die Bettdecke nach oben gezogen, als ob dies ihr Sicherheit bieten würde. Immerhin bot sie Schutz vor der Kälte des Raums, dessen Zimmertemperatur die beiden freilich nun um ein paar Grad tiefer wahrnahmen.

Dann war es plötztlich totenstill. Nichts war mehr zu hören.

„Wir müssen dieses Haus sofort verlassen! Ich will hier hier noch heute nach Hause fahren“, schrie Brett.

„Ich habe nichts dagegen, aber ich bin äußerst müde. Lass uns nochmal – oder mich – prüfen, ob alle Fenster und Türen verschlossen sind. Dann packen wir, machen hier die Tür zu und fahren morgen ab.“

Der Baum hatte alles gehört, was die beiden sagten, hatte sie beobachtet, huschte um das Haus herum und postierte sich neu.

Die Nacht war ruhig gewesen. Charles schlief einigermaßen gut, während Brett kaum ein Auge zumachte.

„Nichts wie raus hier“, stimmten sie im Chor.

Das Frühstück wollten sie im Auto einnehmen, gepackt hatten sie freilich nicht mehr am Abend. Das taten sie am Morgen. Die Taschen stellte Charles am Hauseingang ab. Als er das Haus verlassen wollte, zog er sich die Straßenschuhe an und ging zur Haustür.

Diese ließ sich nicht öffnen. Er dachte sich zunächst nichts dabei. Er hatte mit diesem Umstand nicht gerechnet, sodass ihn die verschlossene Tür in seinem Lauf stoppte, den er gedanklich schon vor dem Auto beendet hatte. Die verschlossene Tür brachte ihn wieder an die Realität heran. Mehrmals hatte er jetzt den Schlüssel gewendet, um die Tür zu öffnen. Aber sie war zu. Wie verschlossen, obwohl das Schloss hörbar nach rechts verdreht wurde, nachdem er den Schlüssel gedreht hatte.

„Die Tür geht nicht auf,“ sagte er. Was er sogleich wieder zurücknehmen wollte, da er etwas gewöhnlicherweise erst noch ein paar Mal versuchte, bevor etwas wirklich nicht funktionierte.

Brett kam heran: „Das darf doch jetzt nicht dein Ernst sein? Ich bin mir sicher, dass sie sich öffnen lässt.“

Charles überlegte nicht lange, ging zum nächsten Fenster im Wohnzimmer. Aber auch dieses ließ sich nicht öffnen. Vergebens wandte er seine ganze Körperkraft auf, um das Fenster zu öffnen.

„Wir sind gefangen“, flüsterte Brett.

„Blödsinn“, fuhr Charles seine Frau an. „Wer sollte uns gefangen nehmen? Rufen wir nun jemanden an.“

Er zog das Handy aus der Tasche und frug sich währenddessen selbst, weshalb er nicht schon längst jemanden kontaktiert hatte, um über diese seltsamen Ereignisse zu informieren. Vermutlich hatte er davon Abstand genommen, weil er darauf fixiert war, die Sache selbst zu regeln. Auch seiner Frau war es bislang kaum in den Sinn gekommen, Bekannte oder Verwandte anzurufen. Sie hatte ohnehin ihr Smartpone nicht mitgenommen. Wenn sie jemanden kontaktieren wollte, hätte sie das über das Festnetz-Telefon getan, das im Ferienhaus stand, oder mit dem Handy von Charles. Wichtige Rufnummern von Kontakten hat sie in ihrem Adressbüchlein notiert, das sie auf Reisen mit sich trug.

Als Charles nun überlegte, wen er anrufen sollte, frug er sich, was er dieser Person erzählen sollte. Die Wahrheit? Aber woher sollte er schon wissen, ob das, was Brett und er gesehen hatten, die Wahrheit war? Ob es Einbildung war?

„Moment. Wir lassen das besser. Wir rufen niemanden an. Zumindest ich nicht. Wir werden das Haus schon irgendwie verlassen können. Erst wenn es wirklich kein Ausbrechen mehr geben sollte, werde ich jemanden anrufen. Wir haben noch nicht alle Möglichkeiten ausgeschöpft, das Haus zu verlassen.“ Brett willigte ein.

Plötzlich klingelte das Festnetz-Telefon. Beide schauten sich an. Nach einigen Sekunden ging Charles zum Hörer, hob ihn ab und meldete sich mit einem knappen: „Hallo?!“

Niemand war in der Leitung. Keine Stimme war zu hören. Nur ein Knacksen, das sich ein paar Mal wiederholte, ehe die

Gegenüberseite auflegte. Charles geriet danach leicht in Panik, weil er im Nachhinein meinte, er hätte die Gelegenheit verpasst, den unbekannten Anrufer um Hilfe zu bitten. Doch woher sollte er wissen, wer ihn aus welchen Motiven angerufen hatte?

Charles und Brett war die Sache nun nicht mehr geheuer. Erst der schlechte Traum von Brett, dann die leerstehenden Dorfschaften, der seltsame Baum, das Hämmern, die verbarrikadierten Fenster und Türen und jetzt dieser Anruf. Kaum zu fassen, dass sie noch körperlich heil waren und sie niemand bedroht oder gar verletzt hatte und dass sie noch am Leben waren.

Mittlerweile schritt die Uhr auf die Mittagszeit voran. Charles lief in den ersten Stock, um nochmal zu prüfen, ob es möglich war, dass Brett und er von dort aus das Haus verlassen können. Er rüttelte an den Fenstern. Vergeblich.

„Ich versuche nun, die Fenster einzuschlagen“, schrie er nach unten, während er nach einem geeigneten Werkzeug für sein Vorhaben suchte. Da fiel ihm auf, dass er noch nicht in der Besenkammer war, die am Ende des Flurs war. Sie lag etwas versteckt, da der Flur eine leichte Biegung nach links machte. Er ging zur Tür der Kammer. Leicht war sie nicht zu öffnen. Da die Tür klemmte, riss er an ihr, sodass sie aufschnellte.

Er traute seine Augen nicht. Charles blickte in einen Raum, in dessen Innern nur ein alter Stuhl stand, auf dem eine ältere Frau saß. Im Dunkeln. Er machte das Licht an, um sie genauer zu sehen. Ihm war das Herz beinahe in die Hose gerutscht. Doch er riss sich zusammen; aber nachdem er den Schalter betätigt hatte, drohte ihm tatsächlich die Ohnmacht. Die Frau starrte ihn an, aber Charles konnte keine Augen erkennen. Er blickte in leere Höhlen. Doch die Frau war nicht tot. Sie saß da. Häkelte. Bewegte ihre Beine.

Charles schrie. Knallte die Tür zu. Rannte nach unten. Brett kam ihm bereits entgegen.

„Was ist los?“

„Ich weiß es auch nicht, es war nichts. Ich habe einfach geschrien. Vermutlich, weil ich so in Sorge bin um uns beide hier.“

„Ich dachte schon, du hättest oben etwas erlebt.“

„Nein. Nein.“

Charles packte jetzt die innere Entschlossenheit. Mit gezielter Aggression schnappte er sich den nächsten Stuhl und schlug damit präzise auf das Fenster im Wohnzimmer ein. Nach einigen weiteren Hieben, zerbarsten die Schreiben.

„Was ein Glück“, murmelte Charles. Obwohl er genau wusste, dass auch draußen das Grauen auf sie beide warten konnte und dass die Rückfahrt mit diesem kleinen Erfolg noch kein Ende genommen hatte.

„Zuerst du!“, sagte er zu Brett. Er nahm sie an den Beinen und trug sie zum Fenster. Die Scherben hatte er innen und auch am Fensterrahmen entfernt. Nur draußen musste Brett aufpassen, dass sie in keine Scherbe trat. Beide hatten sich wieder etwas beruhigt. Charles war konzentriert geworden, Brett etwas forsch. Sie drängte Charles, so schnell wie möglich nach Hause zu fahren.

Als Charles das Fenster verlassen wollte, stieg er auf den Rahmen. Als er im Begriff stand, mit seinem rechten Bein den Fensterrahmen zu verlassen, um auf den Boden zu springen und um dadurch sein linkes Bein und seinen gesamten Körper hinterherzuziehen, traf er auf einen Widerstand. Es schien, als sei in der Luft eine Art unsichtbarer Vorhang. Er konnte zwar gegen das nicht sichbare Hindernis drücken. Aber er konnte den Fensterrahmen beim besten Willen nicht verlassen.

„B-r-e-t-t?“

„Ja?“

„Ich kann das Fenster nicht verlassen. Irgendetwas scheint hier zu blockieren. Ich kann nichts sehen, aber circa 10 bis 20 Zentimeter hinter dem Rahmen ist ein unsichbarer, gummiartiger, polsterartiger Widerstand.“

Charles betrachtete dieses weitere merkwürdige Ereignis noch rational. Er würde einfach an einem anderen Fenster das Haus verlassen, dachte er. Er warf sich nun mit aller Macht gegen dieses unsichtbare Hindernis, obwohl er wusste, dass es ihn nicht durchlassen würde.

Und tatsächlich schleuderte ihn diese seltsame Wand zurück in das Wohnzimmer, wo ihn wenige Sekunden später die Panik ergriff. Auf keinen Fall wollte er diese seltsame alte Frau wieder sehen. „Was, wenn sie nach unten kommen würde?“, dachte er. Er hatte ja gesehen, dass sie ihre Beine und Hände bewegte.

Keinen weiteren Gedanken wollte er an dieses Erlebnis verschwenden. Aber ihm war nun klar, dass er und seine Frau räumlich getrennt waren. Brett konnte merkwürdigerweise in den Fensterrahmen hinein und in die Wohnung greifen. Für sie gab es diese seltsame Mauer nicht.

Charles gelang dies nicht. Auch nicht, während Brett in das Zimmer hineingriff und im Begriff stand, in das Haus zurückzukommen, einerseits, um Charles zu zeigen, dass sie diese Wand nicht behindern konnte, andererseits, um Charles nicht allein zu lassen. Sie selbst wollte ebensowenig draußen alleine herumstehen. Denn der Baum kam auf sie zu.

Einfach nur so

Er lief die Straßen auf und ab. Lief hierhin, dorthin. Regelte überall, wo er war, etwas. Wollte nicht zur Ruhe kommen. Brauchte die Ruhe noch nicht. Solange er bis spätabends wach und weder geistig noch körperlich ermüdet war, wollte er dies oder jenes noch erledigen, sei es beruflich oder privat.

Er lief an Welten vorbei, an Galaxien.

Flog über die Meere und die Kontinente.

Hatte hier und dort gelebt, gewohnt, gearbeitet.

Die Laterne leuchtete. Sie wies ihm für einige Meter den Weg, bis das Licht schwächer wurde. Bis die nächste Laterne den Weg für wenige Meter wies. Mücken flogen heran. Wollten sich festbeißen. Sie schienen zu ahnen, dass jemand auf sie zuging oder umherging. Denn wie sonst sollte ein Mücke so schnell heranfliegen? Diese Wesen schienen wohl einen besonderen Instinkt zu haben.

Er hatte zwar eine Taschenlampe dabei. Doch wozu, wenn der Mensch nachts die halbe Stadt ausleuchtet? Wie angemessen ist es, dachte er, dass so viele Laternen brennen, nur um den wenigen Menschen, die noch unterwegs waren, sofern überhaupt noch jemand unterwegs war, den Weg in abgelegenen Straßen auszuleuchten? Er war kein Freund der Klimabewegung, oder von der Ansicht, überall, wo es nur möglich ist, einsparen zu müssen. Dennoch frug er sich dies, weshalb also überall nachts die Laternen brannten, allerdings frug er sich dies nicht aus einer weltanschaulichen Sicht, sondern aus einer eher rationalen Sicht, die einfach nur so infolge des Erlebnisses, das er gerade hatte, entstanden war. Einfach nur so.

Der Mensch, die Natur und die Welt(en)

Sind die Welten, die der Mensch nicht sehen, nicht betreten, nicht wahrnehmen kann, reale Welten? Er kann bis zum Mond, vielleicht zum Mars fliegen. Aber die Milchstraße, alles darüber hinaus, ist von einer wahnsinnigen, irrigen Größe, die kaum zu begreifen ist.

Die Existenz des Menschen auf der Erde ist sehr viel kürzer als die der Dinosaurier. Was ist wohl das Leben einer einzelnen Generation von Menschen? Es ist nichts. Was bedeuten schon Zeit, Raum und Bewegung? Wo ist der Beginn, wo das Ende des Weltalls?

Irdische Lüste sind nichts. Irdische Freuden sind nichts. Der Mensch muss sich fortpflanzen. Nicht einmal überleben muss er, solange er sich bereits mehrmals fortgepflanzt hat. Er könnte die Arbeit hinschmeißen. Er tut es nicht, weil er leben will, auch weil er materielle Werte genießen möchte, er will zeigen, wer er ist, was er werden oder was er geworden ist.

Der Mensch ist oberflächlich. Er ist dumm. Er ist beschränkt. Er kann die Natur nicht beherrschen, er ist Teil der Natur, mit allem was er schafft. Mit allem, was er tut, macht und baut. Er kann die Natur nicht zerstören. Denn wie sollte jemand die Natur zerstören können, der ein Teil der Natur ist? Wenn eine Herde Nashörner über die Wiese zieht, die Gräser niedertrampelt, zerstören sie nicht die Natur. Vom Menschen aber würde man es sogleich behaupten. Indem der Mensch meint, die Natur zu schützen, indem er Gebiete errichtet, die er nicht oder kaum betreten darf, und dies Naturschutzgebiete nennt, ist dies eine hochnäsige Ansicht. Indem er meint, er könne die Meere schützen, wenn er sie nicht zumüllt, dann mag das zwar den Fischen helfen, aber es ist kein Schutz der Tier- und Naturwelt in dem Sinne, dass er nicht Teil der Tierwelt wäre. Dies zu behaupten, also die Tierwelt zu schützen, dessen Bestandteil er nicht sei, ist wohl unrichtig, möglicherweise halbwahr, aber in jedem Fall überheblich. Denn der Mensch ist Teil der Natur, er ist selbst ein Tier.

Warum sollte der Mensch kein Tier sein? Nur weil er kulturell ist, weil er intelligent ist, weil er reflektieren kann? Der Mensch ist kein höheres Wesen als die Tiere es sind. Er hat Fressfeinde. Grizzlybären. Krokodile. Die Natur selbst, deren Teil er ist. Der Mensch hat den Begriff des Menschen und des Tieres geschaffen. Das heißt nicht, dass der Mensch wirklich ein Mensch ist und dass das Tier wirklich ein Tier ist.

Der Mensch artikuliert sich mit Begriffen, die in jeder Sprache des Menschen anders bezeichnet werden.

Ist es möglich, dass alle Menschen, Tiere und Wesen der Welt im Kern dasselbe Wesen, dasselbe Tier sind? Dass sie nur anders aussehen, aber alle dasselbe sind?

Die Schweißperle

Sie kullerte ihm herab wie eine Träne. Die Schweißperle. Die auch Schweißtropfen genannt wird. Sie ist warm. Die Haut nimmt diese körpereigene Flüssigkeit nicht als Wasser, das sie kühlt, wahr, sondern als einen wässrigen Film, der langsam die Haut hinaptropft, das Gesicht, die Stirn, die Arme, den Rücken die Brust und den Bauch benetzt.

Sie kullerte ihm immer wieder den Bereich zwischen der Brust hinab. Da er manchmal zwar nicht gekrümmt, aber leicht gebückt lief, meinte er noch deutlicher wahrzunehmen, wie die Schweißperle ihm in diesem Bereich hinabrollte. Er nahm sie wie einen sanften Strahl wahr, eine sanfte Berührung, die langsam von oben nach unten fuhr. Es war eine Genugtuung führ ihn, dass er die Perle mit seinem T-Shirt abtupfte.

Für den Menschen ist der Schweiß wohl etwas angenehmes. Er merkt, dass er schwitzt, weil sein Körper sich anstrengt. Er nimmt es als Zeichen wahr, Wasser zu sich zu nehmen und bald wieder zur Ruhe kommen zu sollen. Doch solange die körperliche Arbeit machbar ist, ist auch die Wahrnehmung des Schweißes wohltuend. Der Schweiß ist zwar warm, dennoch kühlt er den Körper.

Er schwitzte weiter, auch nachdem er bereits zur Ruhe gekommen war, als also die körperliche Anstrengung beendet war.

Er verlor sich in Gedanken. Warum nennt man den Schweißtropfen auch Schweißperle? Warum nennt man hingegen den Wassertropfen nicht Wasserperle? Eine Perle ist etwas wertvolles, kostbares. Schweiß ist nicht wertvoll, aber man spürt ihn erst, wenn man sich körperlich anstrengt. Diese Tatsache könnte die Bezeichnung „Perle“ rechtfertigen. Allein an der Form der Schweißperle kann es nicht liegen, dass sie „Perle“ genannt wird, da ja dann eben auch der Wassertropfen als „Wasserperle“ bezeichnet werde müsste.

Eine sehr naheliegende Begründung, weshalb der Schweißtropfen auch Schweißperle genannt wird, ist, dass die Schweißperle etwas anderes ist als der Wassertropfen hinsichtlich der Ursprungs- und Fortbewegungsart der beiden Tropfen. Denn der Schweiß läuft stets den Körper, der ihn erst hervorbringt, hinab, perlt hinab, während der Wassertropfen fällt und dann auf dem Grund sichtbar ist. Der Wassertropfen kann hinabrollen, tut es aber nicht per definitionem.

Das Perlen des Schweißes ist wohl der Grund, weshalb der Schweißtropfen auch Schweißperle genannt wird. Weshalb spürt der Mensch den Schweiß erst dann, wenn er den Körper hinabrollt und nicht schon dann, wenn er aus dem Körper, aus den Schweißporen hinaustritt. Dieses Hervorbringen und Hervorkommen ist ein Kriterium der Definition des Begriffs „perlen“.

Mit diesen Gedanken beendete er seine Mahlzeit, die er nach der körperlichen Anstrenung eingenommen hatte. Ein letztes Mal drückte er sein T-Shirt auf den Bereich in der Mitte seiner Brust, um den Schweiß zu entfernen. Wo dieser aus der Haut ausgetreten war, wusste er nicht, aber er fühlte sich wohl, als er mit seiner linken Hand das T-Shirt auf den Schweiß drückte, der an seinem Vorderkörper herabperlte.

Ein Gespräch?

Er hätte nicht vermutet, dass aus einer Nachfrage bei ihr ein Gespräch im Begriff war, sich zu entwickeln. Zumal sie nicht privat, sondern geschäftlich unterwegs war.

Das Gespräch schien Fahrt aufzunehmen, die Umgebung hinderte ihn kaum daran, weiterzusprechen, doch der Anlass, vielleicht auch die Umgebung, aber eher der Anlass des Gesprächs war dann doch der Grund, weshalb er das Gespräch, das bereits überraschenderweise einige Minuten gedauerte hatte, beendete, wenngleich er es nicht hätte beenden müssen, da sie es nicht beendet hatte. Das Gespräch endete also gewissermaßen abrupt. Vielleicht auch deshalb, weil er akut nichts weiter zu sagen hatte, weil er instinktiv und gewohnheitsmäßig, nachdem das Wichtigste besprochen war, keinen Grund mehr hatte, das Gespräch fortzuführen, obwohl er dies vielleicht gerne getan hätte. Hätte sie etwas dagegen gehabt?

Herbstbeginn

Tagelang waren die Temperaturen bei knapp 30 Grad Celsius. Kaum Regen. Kaum ein Wind. Doch als er durch die Stadt ging, sah er vereinzelt wenige Blätter auf den Fußgängerwegen. Die Bäume selbst waren noch mit Blättern behangen. Die verwelkten Blätter waren folglich an einer Hand abzuzählen. Es waren wenige. Ein bis zwei Ahornblätter. Sie kündeten das nahe Ende des Sommers an, der zwar noch andauerte. Aber weil die Tage kürzer wurden, machte die Natur darauf aufmerksam, dass der Herbst nahte.

Die Menschen selbst taten wegen der Temperaturen noch so, als sei Sommer, trugen leichte Kleidung. Wann nur würden die Temperaturen sinken? Noch mehr Blätter fallen? Dachte er. Ist der Mensch, sind die Tiere langsamer als die Natur, die bereits ihre Botschaften sendet? Der Kreislauf der Jahreszeiten, ein endloser Vorgang?

Über Wege und Ziele

Wege und Ziele. Ziel und Weg.

Ist der Weg das Ziel? Oder ist das Ziel der Weg?

Ist das eine dasselbe wie das andere?

Nein, ist es nicht. Denn wer ein Lebensziel hat, kennt einen oder mehrere Wege. Wer aber nur den Weg kennt, kennt das Ziel nicht, hat vielleicht kein Ziel, sondern ist zufrieden, wenn er den Weg zu gehen vermag. Er ist vielleicht zufrieden oder meint, dass der Weg ihn schon irgendwo hinbringt. Dennoch: Er hat zwar kein Ziel, das er sich persönlich gesetzt hat, aber er hat ein Ziel, das ihm gangbar gemacht wird. Davon zu scheiden sind die Weggänger ohne ein konkretes oder gangbares Ziel. Diese gehen einfach bloß, ohne zu überlegen, ob sie bewusst einen Weg gehen oder vielleicht einen Weg nur zu gehen scheinen. Ob sie sich ihres bloßen Gehens bewusst sind, ist hier eine weitere Frage.

Wer folglich ein Ziel hat, gilt als zielsicher. Freilich kann dieses Ziel nicht erreichbar sein oder möglicherweise nicht erreicht werden. Aber es ist sicherlich anpassbar, je nach Weg, der zu diesem Ziel führen soll oder hätte führen sollen.

Was nun, wenn einer mehrere Ziele hat? Wer mehrere Ziele hat, dem wird vielleicht nachgesagt, er würde niemals ein Ziel erreichen, da er zu viele Ziele hätte. Er sagt sich dies vielleicht sogar selbst, weiß dies auch. Vielleicht ist es möglich, mehrere

Ziele zu erreichen. Aber je mehr Ziele erreicht werden sollen, desto schwieriger ist es, diese tatsächlich zu erreichen, insbesondere dann, wenn die Ziele sich inhaltlich und formal unterscheiden.

Wieviele Menschen haben Ziele? Wieviele haben ein Ziel? Wieviele Menschen gehen Wege? Wieviele gehen einen Weg?

Geht der, der mehrere Wege geht, tatsächlich mehrere Wege? Oder geht er vielmehr einen Weg, der verschiedene Gabelungen, Abzweigungen hat?

Diese Frage kann dann gestellt werden, wenn jemand meint, mehrere Ziele anzustreben. Denn auch viele Ziele können möglicherweise unter einem Ziel zusammengefasst werden.

Fragen

Fragen klingen oft ähnlich. Der eine mag dann meinen, ähnlich klingende Fragen verlangten nach derselben Antwort. Doch das ist nicht richtig. Wer gefragt wird, ob etwas etwas wert gewesen sei, dann lässt diese Frage nur eine Bejahung oder eine Verneinung zu. Wer aber gefragt wird, was etwas wert gewesen sei, dann ist dies eine offene Frage.

Interessant ist es, zu erörtern, wie scheinbar oder tatsächlich ähnlich sich die Fragen: „Was war es wert?“, „Wie wenig war es wert?“ und „Wieviel war es wert?“ sind. Die erste Frage, also was etwas wert gewesen sei, könnte noch ausschließlich nach einer knappen Antwort verlangen. Die Frage hingegen, wie wenig oder wieviel etwas wert gewesen sei, erwartet vielleicht eher umfangreichere oder zumindest keine knappen Antworten. Aber auch dies ist strittig. Bei der zweiten und dritten Frage könnte die Antwort dieselbe sein. Denn der Wert, über den bei der zweiten Frage beauskunftet wird, könnte die selbe Höhe haben wie bei der dritten Frage.

Rechtfertigt der Einsatz, die Mühe das Ergebnis? War der Einsatz auf Dauerhaftigkeit gerichtet? Oder auf Kurzfristigkeit? Das Ergebnis bestimmt den Einsatz und der Einsatz das Ergebnis.

Wesenszüge

Sind unterschiedliche Wesenzüge in einer Person unvereinbar? Oder sind sie in einer Person vereinbar? Er meinte, dass vermutlich das zweite der Fall sei, während andere der entgegengesetzten Meinung waren. Seiner Meinung nach war ein Wesenzug situationsabhänig. In einer Situation kann ein Wesenzug hervortreten, der in einer anderen Situation nicht zum Vorschein kommt. Andere würden dies vielleicht ähnlich sehen, meinte er.

Für den einen ist Mut Feigheit. Für den anderen ist der Feige mutig. Dies kann daran liegen, dass die einen eine andere Weltsicht haben als die anderen.

Kopf und Herz

Was w...?

War …?

Keine ahnung.

Er begriff es nicht.

… gar nichts.

Aber als ..., war er überfordert. Zugleich aber auch nicht der, der er hätte sein können oder müssen oder wollen.

Zu viel gedacht, zu wenig gehandelt. Zu viel Kopf, zu wenig Herz?

Tiefen und Untiefen

Die Gedanken über das Leben. Das Leben, das er lebte. Leben, dachte er. So leben, wie er wollte. Leben wollte er. Die Tiefen der See sind geheimnisvoll, sind unentdeckt. Die Tiefen des Lebens aber gelten als Übel. Die Tiefe also doppeldeutig.

Tiefen und Untiefen und Höhen. Höhen ungleich Untiefen. Und Tiefen ungleich Unhöhen. Weil Unhöhe ein unerhörlicher Neologismus.

Tiefen der Seele gleich Tiefen der See. Seele ungleich See. Aber Seele ähnlich der See. Da sprachlich ähnlich.

Tiefen der Seele also auch ein Gehemnis. Stille Wasser, tiefe Wasser? Stille See, tiefe See. Stille Seele, tiefe Seele.

So einfach die Herleitung. So billig aber auch.

Die Überlegung war eine andere gewesen. Wie nötig sind Vorsilben? Eine Untiefe kann so tief sein wie eine Tiefe. Und eine Höhe kann so hoch sein und so tief sein wie eine eigentlich nicht seiende Unhöhe.

Wann ist das Leben tief, wann hoch? Ist es hoch, wenn es tief ist?

Individuum und Masse

Es ist lange her, als er Ernst Jüngers „Der Waldgang“ gelesen hat. Er hatte kaum Erinnerungen an die Lektüre, vermutlich weil es eher ein Lesen als ein Studieren war. Mit Gewinn las er einige Jahre später die andere Werke des Autors, in denen dieser seine Kriegserlebnisse aus dem Ersten Weltkrieg verarbeitet hat.

Wie dem auch sei. Jünger hin oder her. Er hätte Jünger nicht als Einstieg in den Text nehmen müssen, den er gedanklich entwarf. Die Überschrift zu diesem Texte hatte er entworfen, bevor er zum Einkaufen ging. Die Idee zum Text selbst hatte er ebenfalls bereits gedanklich entworfen – ohne sie also vor dem Einkaufen aufzuschreiben, sei es durch Sätze oder durch wenige Stichpunkte. Als er zurückgekehrt war, schrieb er infolge seiner Gedanken wenige Zeilen über seine Jünger-Lektüren nieder. Dieser Text hätte ohne Jünger als Thema etwas anders begonnen und dadurch einen anderen Zungenschlag erhalten.

Die Aussage des Textes, den er geschrieben hat, ist, dass das Individuum sich gedanklich am ehesten entfalten kann, wenn es geistig und sozial unabhängig ist. Man mag diese Aussage für zu allgemein, für unrichtig oder auch für zu uneindeutig halten. Der Text aber sagt aus, dass der Einfluss der Umwelt die gedankliche und intellektuelle Entfaltung eines Menschen nur sehr bedingt fördert. Eher ist es so, dass aus der Beobachtung, aus der inneren Distanz – nicht Opposition – zum Geschehen erst die wahre mentale – nicht körperliche – Reife ersteht.

Je mehr sozialisiert, desto physisch abhängiger einerseits, je stärker sozialisiert, desto weniger geistige Unabhängigkeit für den einen oder desto mehr geistige Unabhängigkeit für den anderen andererseits. Dies alles bedeutet nicht, dass die Isolation dem Intellekt per se zuträglich ist. Ganz im Gegenteil benötigt dieser eine Sozialisation, die aber immer nur das Nötige, nicht das Unnötige umfassen darf.

Das Wort *Resilienz* etwa ist ein sehr modischer Begriff und meint in staatlichen Organisationen *Resilienz* gegen das, was der Staat nicht möchte oder was der herrschenden Weltsicht nicht entspricht. Also etwa resilient zu sein gegen politische Radikalismen oder Extremismen und gegen aus Sicht staatlicher Behörden verfassunswidrige Parteien. Wer hier nicht in diesem Sinne resilient ist, gilt etwa als unprofessionell.

Aber diese politische Resilienz an sich darf nicht ausschließlich auf die Masse oder den Staat und seine Institutionen bezogen sein. Politische Resilienz kann außerhalb der staatlichen Definition auch meinen, dass das Individuum resilient ist gegen politische Meinungen, die seiner Meinung nicht entsprechen. Genau genommen offenbart sich hier schon der ideell beschränkende, debattenfreie, das heißt der gelenkte, exkludierende Charakter des Begriffs Resilienz, ganz gleich, wer ihn verwendet. Resilienz ist ein wertfreier Begriff. Aber wenn eine Demokratie oder ein Staat sagt, dass der Bürger resilient zu sein hat, hat diese Forderung diktatorische und in gewisser Hinsicht auch undemokratische Züge. *etsi omnes ego non* – auch wenn alle, ich nicht. In diesem Sinne meinten die Köpfe des 20. Juli 1944 gehandelt zu haben. Sie waren nicht resilient gegen das, was Hitler nicht wollte, gegen die Verlockungen politisch-oppositioneller Gedanken. Andererseits waren sie aber auch nicht in sich resilient gegen ihre eigenen Ideen, das heißt, es handelte hier eine mehr oder weniger größere Gruppe, kein einzelner Akteur, der resilient gegen staatliche und auch andere oppositionelle Gedanken hätte sein können.

Dies erinnert wieder an Jüngers *Waldgang*. Die wirkliche politische Unabhängigkeit kann es kaum geben. Sie ist auch nicht notwendigerweise wissenschaftliche oder künstlerische Tätigkeit. Wissenschaftliche tätig, ist, wer ernsthaft forscht und nach der Wahrheit sucht. Politische Ideen sind (zunächst) keine wissenschaftlichen Ideen. Sie können freilich wissenschaftlich untersucht werden. Aber ihre schriftliche Ausarbeitung ist nicht die Suche nach der Wahrheit, sondern die Suche nach der rechten politischen Führung und Gestaltung der Gemeinschaft, der Gesellschaft oder des Staates (staatsähnlicher Gebilde). Sicherlich mag es hier Graubereiche geben. Denn politische und religiöse Ideen haben ebenso wie die wissenschaftliche Betätigung den Anspruch, nach der Wahrheit zu suchen.

Wer also als Indiviuum eine politische Idee, die auf die Gestaltung der Form des politischen Zusammenwirkens von Menschengruppen ausgerichtet ist, entwirft, der *kann* resilient vorgehen. Er tut dies freilich nicht notwendigerweise, denn je mehr er bereits vorhandene Weltsichten bedient, desto weniger politisch resilient ist sein Entwurf, was aber keinen Mangel bedeutet. Auch das Vorgehen ist entscheidend. Andererseits aber sind Staatsentwürfe nur sehr selten weltanschauungsfrei.

Wer also wirklich resilient ist, der schafft sich seine eigene politische Idee, die zwar vorhandenes aufgreifen kann, wohl auch soll, die aber vor allem neues schafft.

Man mag den Sozialisten kritisieren, da er all das verstaatlicht, was in einer Demokratie unserer Art privatisiert würde. Diese Form der Verstaatlichung hat ihre Nachteile. Ungeachtet dessen ist, ganz gleich wie liberal er sich gibt, alles der Staat: also auch oppositionelle Parteien, einzelne Bürger, die ihre politische

Meinung kundtun, jede Form des Protests. Der Staat ist die Summe des politischen Handelns und Denkens seiner Bürger. Selbst dann, wenn der Staat einer Person die Bürgerrechte wegen dessen politischer Meinung nehmen sollte, ist sie Teil der Summe des politischen Denkens und Handelns des Staates. Die staatliche Verfasstheit eines Staates spiegelt sich nicht allein im Tun seiner politischen Exekutive wider. Sie ist die Summe allen politischen Denkens und Handelns der im Staat lebenden und politisch denkenden und handelnden Personen. Selbst derjenige, der sich einer politischen Meinung und Handlung enthält, ist Teil der politischen Verfasstheit des Staates. Jegliche Politik ist der Staat.

Es gibt daher kein Handeln gegen den Staat. Es gibt keine staatsfeindlichen Gruppierungen oder Personen. Der Staat selbst definiert sich nämlich nicht allein durch staatliche Behörden oder die Parteien der politischen Exekutive und durch die durch ihn selbst als nicht staatsfeindlich klassifizierten Parteien. Es sind immer wieder die selben Mechanismen, die dazu führen, dass sich eher unbeteiligte Bürger von oppositionellen Gedenken, Personen oder Parteien öffentlich distanzieren. Es spielt keine Rolle, aus welchen Gründen sie dies tun. Aber die Mechanismen sind die gleichen. Distanzierung von der Opposition erfolgt meist aus opportunistischen oder kollaborativen Gründen. Der jeweilige Anlass ist freilich unterschiedlich, sei es nun zur Zeit der frühen Christen, der Bolschewisten oder der Nationalsozialisten vor ihrer jeweiligen Machnahme und -festigung gewesen. Die jeweilige (politische) Haltung dieser Gruppierungen gibt unterschiedliche Anlässe zur Distanzierung, der Grund für sie ist aber meist stets derselbe.

Distanzieren tut sich per se jeder politisch Handelnde und Denkende. Auch eine politische Nichtmeinung und ein poliltsches Nichthandeln ist politisch. Enthaltung ist Haltung.

Einmischung bedeutet Distanzierung. Wer aber lediglich die politischen Vorgänge im Staat und des Staats beschreibt, der betrachtet den Staat nicht aus der Sicht des politisch Denkenden und Handelnden, sondern aus der Sicht des ihn Darstellenden. Der Darstellende macht sich möglichst keine Meinung zu eigen. Doch auch er wird als Teil des Staates gelten. Jede Stimme und jedes Schweigen ist Politik, alles mündet im Staat.

Niemand handelt folglich *für* oder *gegen* den Staat. Vielmehr handelt jeder *mit* dem Staat. Der Staat denkt und handelt so politisch wie es jeder einzelne seiner Bürger tut. Die Summe der politischen Meinungen und Handlungen des Einzelnenen ist die politische Handlung und Meinung des Staats. Dabei gilt es zu bedenken, dass Politik ein Machtkampf ist. So gibt es Opposition, Bündnis, Kampf, Kooperation, Alleingänge usw. Das politische Handeln und Denken des Staates ist das politische Handeln und Denken des Mächtigsten in diesem Staat. Dies muss nicht notwendigerweise eine Person sein. Macht verteilt sich auf mehrere Schultern. Schwächere Politik unterliegt der stärkeren Politik. Dieses Gesetz macht einzelne und unbedeutende Meinungen weder falsch nocht richtig. Denn in der Politik gibt es kein falsch oder richtig. Überall gelten die Gesetze der Natur, die – ebenso wie folglich geschichtliche Vorgänge – weder falsch noch richtig sind.

Alles ist der Staat.

Alle sind Soldat.

Wissenschaft kennt keine Resilienz.

Politik ist kriminell.

Der Staat ist ein Verbrecher.

Vielleicht ein andermal

Vielleicht tat er das, was er tat, nicht, sondern dachte es nur, obwohl er es doch tat. Also tat er es doch nicht, weil er sowohl dachte, er täte es, als auch dachte, er täte es nicht?

Beim Tun dachte er nicht an das Tun. Er dachte an das Danach-Tun. Aber er dachte beim Danach-Tun, also beim Tun, an das Folge-Tun. War all dies Tun, Danach-Tun und Folge-Tun nun dasselbe Tun? Ist Nichts-Tun auch ein Tun? Beim Nichts-Tun dachte er an das Tun.

Tun ist gedankliche Leere. Aber das Denken an das Tun ist gedankliche Völle.

Vielleicht würde es ihm ein andermal gelingen, zu denken und zu tun, wenn er dachte zu tun, und wenn er denken tat.

Gedichtsend(e)gedicht

Ich tue nur so bin es nicht.
Ich will sie nur so mach sie nicht.
Ich denke nur so handle nicht.
Ich ende nur so beginne nicht.

Beginnende. Endbeginn.
Endlichbeginnen. Beginnendlich.

ab-schluss-*schieds*-*ge*-*dan*-ke-*ken*

Die Pazifisten sind Bellizisten.

Wenn sie hetzen gegen den Angreifer. Hetzen für den Krieg.

Sind die Bellizisten Pazifisten?

Wenn sie die Soldaten kämpfen lassen?

Militär ist notwendig.

Den Krieg will niemand.

Töten und fallen.

Den Soldatentod heroisieren?

Ist es dasselbe wie den Krieg zu glorifizieren?

Wer den Dienst an der Waffe verweigert, der soll dennoch geschützt werden durch Waffentragende?

Militär tut viel Gutes.

Im Krieg tun Menschen viel Schlechtes.

Was das Militär Gutes tut, können auch andere tun.

Was das Militär Schlechtes tut, können auch andere tun.

Tiere kennen keine Moral. Sie töten sich gegenseitig.

Der Mensch kennt Moral. Aber auch er tötet sich gegenseitg. Ist es deshalb obektiv betrachtet besser, den Kriegsdienst zu verweigern? Objektiv meint hier: Was denken Außenstehende, die keine Menschen sind, über den Krieg?

Folgendes Bild: Ein Dorf, in dem nur Pazifisten leben, wird vom Militär gegen Angreifer verteidigt.

Was würde jemand tun, der sagt, er wolle keine Waffe anrühren, keine Menschen im Krieg töten, was würde er tun, wenn seine Familie durch Soldaten einer fremden Macht bedroht werden? Freilich, er muss nicht Soldat sein, um seine Angehörigen zu verteidigen.

Den Dienst an der Waffe mit dem moralischen Aspekt der Gewaltfreiheit heraus zu begründen, ist sehr ambivalent. Denn jeder ist potenziell ein Heimatschützer, ein Beschützer seiner Umwelt, sei es in Uniform oder nicht. Und gerade der Pazifist weiß, dass auch Worte tödliche Wirkung entfalten können.

Die Uniformierung der Soldaten, die Entmündigung der Beamten ist Teil der Staatsräson, nicht nur im Sozialismus, aber vor allem dort, in jedem Staat.

Der Staat *lehrt* im Geschichtsunterricht nicht Geschichte, sondern Geschichte*n*.

Doktrin statt Häresie.

Doktrin statt Revision.

Doktrin statt Profession.

Doktrin, nicht progressiv.

Heimkehr

Der Wahnsinnige kam nach der Arbeit in seine Wohnung zurück. Es war keine gewöhnliche Arbeit, sondern ein Hasten und Rennen, ein Wettlauf mit der Zeit, den er nur verlieren konnte. Er packte sich im Flur und zerfleischte seinen eigenen Oberkörper, riss alles aus seinem Körper heraus, was er nur finden konnte. Schrie wie ein Stier am Spieß. Sah aus wie ein Werwolf und schaute gen Decke. Stand dann am Fenster und sah mit offenen, aber blinden Augen in den Himmel, der ihn erzeugt hatte. Er mutierte, veränderte sich, seine Affenhaare hatten dicke Krallen. Er war den ganzen Tag unterwegs gewesen, hatte alles getan, um sich auf diesen Moment der Selbsterneuerung vorzubereiten, sog alles in sich auf, was er finden konnte, an Wissen im Handwerk, an Wissen im Geist. Er war Marathon gelaufen. Währenddessen las er Heerscharen an Büchern. Jede Zeile war ihm präsent. Den Marathon war er im Tempo eines Hundert-Meter-Laufs gelaufen Noch nie war er nach dieser Arbeit so sehr im Gefühl, gerade erst die Morgensonne erblickt zu haben.

Der Übermensch war gierig auf sich selbst. Seine Körperteile, sein Blut, alles war in der Wohnung verstreut, er schaute sich an, das, was er wirklich war. *Der Mensch ist ein Produkt. Ein einzigartiges Wesen. Wie kann es sein, dass das, was er ist, was der Mensch wirklich ist, nicht zu sehen ist. Die Natur hatte den Menschen äußerlich zu etwas geformt, was blendet. Den Tieren, den Insekten, den Bakterien – ihnen allen ist es wohl gleich, wie der Mensch aussieht. Der Mensch aber scheidet zwischen Menschen, die ihm attraktiv erscheinen und solchen, die er hässlich findet. Aber in Wahrheit ist jeder Mensch dasselbe.* Diese letzte Erkenntnis nahm er mit aus seiner Verwandlung. Hastig schnappte er seine Gedärme, seine Gliedmaßen, seine Knochen, sein Blut, nahm alles und setzte sich neu zusammen.

Alles ist Blendung. Nichts ist ästhetisch. Der Mensch betrügt sich selbst. Seine Sinne täuschen. Seine Wahrnehmung ist falsch. Sie dient der Fortpflanzung, nicht aber der Wahrheit.

Nur ein Lachen. Die Lächlerin

Nach einem verregneten Tag stieg er innerlich ebenso verregnet, wie es das Wetter war, in die Straßenbahn ein. Als Soldat kannte er das Gefühl, stundenlang im Regen zu marschieren, während die Tropfen auf die Kapuze tropften.

Dieses sanfte Prasseln auf der Regenjacke direkt über der Kopfhaut, den Haaren, kann sich zunächst angenehm anfühlen, je länger es aber andauert, desto störender kann es sich anfühlen. Man meint, die Tropfen seien ein Bestandteil des eigenen Körpers. Man meint, die Tropfen hätten eine Seele, seien zum Denken fähig. Die Gedankengänge passen sich rhythmisch an das gleichmäßige Prasseln an. Fast ist es wie Musik. Die Stimmen der Kameraden werden leiser, werden weniger. Gespräche finden kaum noch statt. Es ist ruhig. Man schaut auf den Boden. Sieht den Matsch. Das Gras. Die Kieselsteine.

Im Bewusstsein dieser Erinnerungen an endlose Märsche unter diesen Bedingungen des endlosen Regens stieg er in die Straßenbahn ein. Als er ein paar Stationen gefahren war, stieg eine junge Dame zu. Sie hatte eine Begleitung, mit der sie sprach. Die Begleitung war eine Frau, deren Gesicht er kaum erkannte, da sie ihm ihren Rücken zuwandte. Es fuhren viele Menschen zu diesem Zeitpunkt mit der Bahn, die aber nicht überfüllt war.

Der Blick auf die junge Dame war frei. Gelegentlich konnte er sie gegen Ende der Zugfahrt nicht mehr sehen, weil eine andere Person im Blickfeld saß. Doch er konnte das Gespräch genau hören. Im Nachhinein war es etwas seltsam, dass er jedes einzelne Wort genau verstehen konnte, da die beiden Frauen circa drei bis fünf Meter weit entfernt saßen.

Die junge Dame sprach sehr deutlich. Die junge Dame sprach sehr betont. Die junge Dame sprach sehr viel. Die junge Dame lachte oft. Die junge Dame artikulierte sich. Die junge Dame gestikulierte. Die junge Dame war lebendig. Der jungen Dame Augen funkelten. Die junge Dame lächelte. Die junge Dame vertrieb seine Regen-Gedanken, erfüllte ihn mit Freude.

Nach dem Regenschauer kam ein Sonnenstrahl hervor und schien ihm durch das Fenster kurz in das Gesicht. Streifte sein Gesicht, ihr Gesicht, ihren Platz. Sie war weg.

Abendstimmung

Wie eng abends die Gassen.

Vom Gärtner schlecht gegossen.

Jene vielen Straßen-Pflanzen.

Wo Kinder laufen mit Ranzen.

Wie dämmrig die Gassen.

Mit nichts sich befassen.

Will mehr der Mann mit Tasche.

Hält sie fest an der Lasche.

Gedanken an den Tag.

Welcher schon halb im Sarg.

Schwacher Lichtschein.

Gefällt ihm fein.

Ausflug ins Grüne

Als er losfuhr, fiel ihm ein, dass er etwas vergessen hatte. Er fuhr daher dorthin zurück, von wo er her gekommen war. Doch er hasste es gelegentlich, an Orte zu fahren, an denen er bereits gewesen, wohin er aus unwichtigem Grund zurückkehren musste und wo er aus anderem Grund ursprünglich hergekommen war. Er mochte hingegen Orte, die ihm in guter Erinnerung waren und die er zu schätzen wusste. Aber im Grunde kam er überall zurecht, wo es ihm einigermaßen genehm war.

Nun Gut. So fuhr er los und wieder zurück und nochmals zurück und war dann erst unterwegs. Als er nun so richtig in Fahrt kam, kam das Beste zuerst. Entgegen der Gewohnheit nahm er einen anderen Weg und bog derart ab, dass ihm bei den vielen Passanten, die ihm über den Weg liefen, Frau Perfekt entgegenkam. Vollendet nämlich war ihre Lebenskraft. Wie ein Ferrari stand sie da in ihrer Montur als Frau des Willens.

Es waren fünf Sekunden, die es in sich hatten. Sie blickten sich an. Nur kurz – da sie beide auf Rädern waren. Der eine mehr, die andere weniger.

Ihr Blick entlud sich in seinem Gesicht. Er wollte bremsen, gab aber Gas. Vollgas. Trat in die Pedale.

Er fuhr weiter und trat auf viele Leute. Er sah, wie ein nasser Sack an einem See lag. Dieser Sack stieß auf keinerlei Aufmerksamkeit. Er, der Mann, der Unperfekte, war an das Ufer herangefahren, ging an eine Stelle, wo der Trampelpfad nicht mehr hinführte. Seine Unvollkommenheit war durch den Blick der unbekannten Frau aufgeladen worden. Sein Akku bekam Energie.

Er war an einer abgelegenen Stelle. Das Ufer war hier dicht bewachsen mit Gras. Das Rad hatte er abgestellt. Er sah einen Sack auf dem Erdboden. Dieser hatte die Wölbungen eines Menschen. Sie waren weiblich. Er überlegte, was er tun solle.

So ging er an den Sack heran. Ohne ihn anzurühren. Der Sack bewegte sich.

– Ob der Mensch darin noch lebte?

Es öffnete sich der Sack am oberen Ende und er konnte die Haare einer Frau erkennen. Sie schrie um Hilfe.

Nun rann er zu ihr, auf sie zu.

Er öffnete den Sack.

Blutüberströmt war ihr Körper.

Die Verwundungen sah er nicht.

Er sah das Blut quellen. Die Flüssigkeit des Lebens war hier die Flüssigkeit des Todes. Frisch und grell war das Rot. Und düster und kalt war ihr Körper geworden. Das Leben war hier vielleicht an ein Ende gekommen.

Er starrte sie an. Verband ihren Körper. Wusch ihn. Würde sie überleben? Er schaute ihr unentwegt in die Augen. Sie sprach mit ihm und er mit ihr. Sie redeten einander vorbei und ihre Worte kamen in der Luft zusammen, stiegen zusammen in den Himmel.

Ihr Körper gewann an Farbe. Doch würde sie überleben?

Die Frau erhob sich, bekam Flügel und all ihre Wunden waren weg.

Es war Frau Perfekt, die zu ihm sprach.

– Ich habe deine Hilfe vielleicht gar nicht benötigt. Aber ich benötige die Hilfe bei der Suche nach dem Täter. Woher das Blut, wenn keine Wunden?

– Ich habe dir geholfen. Du hast Recht. Aber nicht mit meinen Materialien. Es war die Kraft deiner Augen, die in mir auf dich zurückwirkte. Diese verband sich dann in dir, um dich zu retten.

Ihre Flügel waren weg. Sie blickten sich an. Und fanden den Täter, den es nicht gab. Denn der Täter war die Tat.

Der Gindlinger

Er lebte am See. Dort wohnte er schon lange. Sein Zuhause war die Natur. Er angelte. Jagte. Trieb Sport. Ging eines Morgens die Zeitung holen. Brachte sie ins Haus. Der Postbote hatte sie auf den Boden vor seine Hütte gelegt. Tiefe Nebelschwaden hingen herab.

Der Gindlinger. Er war der Bewohner des Hofes, der fern jedes größeren Dorfes oder gar einer Kleinstadt lag. Die Zeitung brachte inhaltlich nichts Nennenswertes. Er las selbst den Politikteil kaum noch vollständig.

Der Adler packte die Maus. Stürzte in den Acker hinab. Kalt. Eisig. Geäst. Die Bosheit der Natur. Das Laub lag daneben. Winter war es. Der Gindlinger beobachtete das Schauspiel, während er am Fenster stand. Das Fenster hatte er morgens regelmäßig eine Stunde lang geöffnet. Die kalte Luft zog herein, sodass die abgestandene, wärmliche Luft ausgetauscht wurde. Das wohlige ging, das unheimliche kam. Die alte Luft roch nach Wohlfühlen im Innern der Hütte des Nachts, während es draußen unangenehm war. Der Mensch lebte im Bequemen. Während draußen die Natur herrschte.

Der Adler stürzte hinab. Die Maus fiepte und war schon tot.

„Wie schmeckt sie dir?“

Der Gindlinger drehte sich um und sah ins Haus. Sein Topf war es, der ihn angesprochen hatte. Geheuer war ihm dies nicht.

Er rüttelte sich nochmals wach, schloss das Fenster und ging hinaus auf das Feld, auf den Acker, den schon die Dichter Roms besungen haben. Die schwere Arbeit machte ihm zu schaffen. Er kam in die Nähe der Stelle, wo der Adler vorhin sein Schauspiel dargeboten hatte.

Der Gindlinger besann sich auf das Laub.

Fiel es herab.

Der Sommer knapp.

Der Winter nah.

Bald Frühling da?

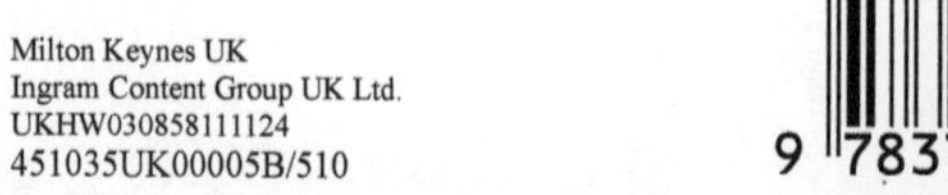

Milton Keynes UK
Ingram Content Group UK Ltd.
UKHW030858111124
451035UK00005B/510